JN122354
出稼ぎ令嬢の婚約騒動
5
次期公爵様は妻と新婚生活を謳歌したくて必死です。

出稼ぎ令嬢の婚約騒動５

次期公爵様は妻と新婚生活を謳歌したくて必死です。

黒　湖　ク　ロ　コ

K U R O K O　K U R O K O

一迅社文庫アイリス

CONTENTS

ミハエル

公爵家の嫡男。

眉目秀麗で、文武に優れた青年。面白いことや人を驚かせることが大好き。現在、紆余曲折を経て婚約したイリーナと結婚できたことで、幸せを満喫中。

イリーナ

貧乏伯爵家の長女。

これまで身分を隠して色々な貴族家で臨時仕事をし、その働きぶりから、正規雇用したいと熱望されることも多かった少女。現在、憧れが高じて「神様」として崇拝していたミハエルと結婚したばかり。

出稼ぎ令嬢の婚約騒動 5
次期公爵様は妻と新婚生活を謳歌したくて必死です。

人物紹介

アセル
ミハエルの妹で、公爵家の次女。末っ子なため、甘えっ子気質なところがある少女。

ディアーナ
ミハエルの妹で、公爵家の長女。クールな見た目に反して、可愛いものが好きな少女。

アレクセイ
王都の学校に通っているイリーナの弟。尊敬する姉のことなら口がよく回る、社交的な少年。

イヴァン
イリーナの父であるカラエフ伯爵。虚弱体質で、記憶力がよすぎる男性。

エミリア
王太子の婚約者である、異国の王女。イリーナを女性武官候補の指導員にした女性。

オリガ
公爵家の優秀な侍女。現在、イリーナの傍付きをしている女性。

用語

神形 ーみかたちー
動物の姿をした自然現象。氷でできた氷像が動くなど、人知を超えた現象であることから、神が作った人形と言われている。討伐せずに放置すると、災害が起こる。

カラエフ領
イリーナの実家がある領地。冬になると氷の神形が出没する、雪深い地域。

イラストレーション◆安野メイジ（SUZ）

出稼ぎ令嬢の婚約騒動5　次期公爵様は妻と新婚生活を謳歌したくて必死です。

Engagement capriccio of the working girl 5th

序章：出稼ぎ令嬢の冬の日常

イリーナ・イヴァノヴナ・バーリンは幸せだ。

雪をざくざくとかきながら、自由にさせてもらえる幸せを噛(か)みしめる。

「若奥様は、本当に雪かきが早いですね」

「カラエフ領はもっと積もるのが普通なので、慣れですね」

見上げれば、私の瞳と同じ色をした灰色の雲から、雪がまたチラチラと降ってくる。ここ最近青空を見たことがないが、私からしたら普通の光景だ。しかし王都住まいの者からすると例年以上の雪らしい。

私は雪しかないカラエフ領の領主、カラエフ伯爵の長女だ。貧乏伯爵令嬢なため、普通に家では雪かきも自分でやっていた。

だが今の私は、次期バーリン公爵であるミハエルと結婚したので、若奥様と呼ばれる立場だ。普通だったら、使用人に交じって自由に行動なんてさせてもらえない。それも仕方がないと諦(あきら)めていたが、外を走ることもできずに体力を持て余し鬱々(うつうつ)としてしまった。そのため、思い切って雪かきをやらせて欲しいと使用人に頼んだところ、雪が降りすぎて来客もないことから外部から見えない場所での雪かきや雪遊びは、内緒にすると言ってもらえたのだ。

「ここ最近は酷いと思ったのですが、若奥様のご実家はこれ以上なのですね」

「若旦那様も遠征に出られるぐらいなので大変だと思いましたが、もっと頑張らねばなりませんね。でも若旦那様がいないからこそ、今年は若奥様がいて下さって嬉しいです。無人の屋敷を手入れするだけでは張り合いがございませんから」

「そう言ってもらえると嬉しいわ。ありがとう」

最近各地で氷の神形の出現が頻繁になっている。武官であるミハエルは討伐のため遠征に出ており、屋敷を留守にしていた。氷の神形は動物の形をした氷が動くという人知を超えた現象を指す言葉だ。この神形を倒さなければ大雪や雪崩などの災害が起こる。そして神形の中でも氷龍だけは倒さなければ春が訪れず、雪と氷だけの世界が続くことになるのだ。もちろんそんな世界では人間は生きていけないので、領主は氷龍を討伐する義務を持つ。そして武官は各領地から要請が来ると討伐をしに遠征するようになっていた。

ミハエルが長期にわたり不在になるので、私はミハエルの実家であるバーリン公爵家で冬を過ごしてもいいと言われていた。しかし冬の間まったく家に帰らないわけではないと聞き、折角ならば仕事を終わらせたミハエルを出迎えたかった私は王都に残ることを選択した。

王都で冬ごもりをするとなれば、もちろん使用人達の仕事が増える。それでもいてくれて嬉しいと言ってくれるなんて、なんて優しくできた使用人達だろう。流石は公爵家の使用人だ。

そしてミハエルは不在の間、私が少しでも楽しく暮らせるように、使用人達にできるだけ私のやりたいことができるように協力して欲しいと頼んでおいてくれた。この雪かきも、初めは若奥様にやっていただくなどとんでもないと使用人達から言われた。それでも私の様子とミハエルからの言葉があったおかげで実現したのである。本当にミハエルは神のように慈悲深い。

いや、むしろ神である。

幼い頃、バーリン領の雪祭りで出会ったミハエル様の何物にもとらわれない自由さと前向きさにより私は開眼した。それ以来ミハエル様を神と崇め信仰し、時には私兵団で体を鍛え、時には出稼ぎ先で様々な技術を学び自分を磨いてきたのだ。何の因果かその十年後に婚約、そして結婚するという衝撃の展開が待ち受け現在に至るわけだが、この信仰心はもう私の体に根付き張り巡らされているので、切り離すことはできない。

しかしミハエルは神として扱うのをとても嫌う。そのため色々試行錯誤した結果、紙や写真などの偶像物をミハエル様として信仰し、現実のミハエルとは分けるようにした。それでも心はいつでも敬虔な使徒なので、気が付くとこうやってミハエルを崇めてしまうのだけれど——。

「ギャッ」

考えごとをしつつも、ザクザクと雪かきを続けていると、後ろで悲鳴が聞こえた。振り向けば使用人の男性が転んでいた。強く腰を打ったようで顔をしかめ、手で押さえている。

「大丈夫？」

「はい。……あたたたたた」

私が声をかけたために慌てて立ち上がろうとしたが痛みで立ち上がれないようだ。カラエフ領でもお年寄りによくある光景だ。いわゆるぎっくり腰みたいな状況だろう。

「こういう時はあまり動かさない方がいいはずよね？　抱き上げるから、腕をこうしてもらって――」

「いえ、流石にそれは止めて下さい」

「私どもが怒られてしまいます」

「わ、私はまだ死にたくありません」

この屋敷の女主人に運ばれるのは恐れ多いという感覚は、自分自身も働きに出ていたので分かる。けれど死にたくないとは一体どういうことなのか。きっとミハエルを恐れているのだろうけれど、怪我人を運んだぐらいで死を覚悟するぐらい怒るだろうか？

とはいえ、助けたつもりが余計な心労を負わせてしまうのは私としても不本意なので彼らに任せる。

「死にたくないって、冗談にしても大袈裟よね」

なぜか目をそらす使用人達に、一体ミハエルは使用人からどう思われているのだろうと思ってしまう。確かにミハエルは嫉妬する相手がいないからか、そこでするのかと思うような場面で嫉妬をする。使用人としては主人から嫉妬されるなど寿命が縮まるだろう。

私は気を取り直しサクサクと雪をかいていく。

秋に今年は雪が深くなるかもしれないという手紙を父から貰っていたが、どうやら本当にこの国全土で雪が深くなっているようだ。父の天気予報は当たるので早めから対策をとっていたけれど、今頃カラエフ領も氷龍が出現して大変だろう。

そんなことを考えていた時だ。不意に背後で殺気を感じ、私は手に持っていたスコップで振り下ろされた剣を薙ぎ払った。衝撃で亜麻色の髪を隠すようにかぶっていた帽子が落ちたが、私は隙を作らないようにそれを無視し相手を見据える。

そして流れるような動作で雪をすくいそのまま相手の顔面に思いっきりぶっかけた。相手の目つぶしが上手くいったところで私は頭めがけて回し蹴りをする。

「ぐはっ」

スパイク付きの重めのブーツが綺麗に頭に決まり、相手はそのままどさりと雪の上に倒れた。

「えっと。大丈夫ですか？」

「あああ。また、若奥様を倒せなかった!!」

「何で背後からの攻撃が見えるんだ?!」

「よっし。当たった」

倒れ伏したバーリン公爵家の私兵団所属の男に声をかけたが返事はない。その代わり周りの使用人達が騒いでいた。賊が入ったからではないと皆分かっているので、その声は明るい。

そう。これは私兵団の実戦訓練の一端だ。元々この実戦訓練は、私が賊に襲われ捕まった時の対処をどうするかから始まったものだ。しかし私が毎回襲われる度に一人で撃退をしてしまい、いつしか闇討ち訓練が恒例行事となってしまっている。

そしてずっと私が連勝してしまったことで使用人の間で、私と私兵団との勝負は小さな賭けになっているらしい。大きな金銭のやり取りは禁止しているので、おかずを一品渡すやトイレ掃除の除外など景品はささやかだ。それでも冬で娯楽も少ないために、盛り上がっていると傍仕えのオリガからこっそり聞いた。

仕事の息抜きとなるのなら何よりなので、私も咎める気はない。けれど……私兵団による闇討ちからの生還訓練は、果たして私が目指していたミハエルの隣に立ち続けるための自分磨きとして正しい姿なのだろうか？　時々自分の進む方向が斜め上にそれていっている気がしてならない。

「もう少し頑張ってくれないと、若奥様と開発している武器の実験ができないじゃない。武器のお試しができるぐらいには粘りなさいよ」

「ちょ。えっ？　若奥様と開発って、アレも若奥様は使う気なのか?!」

「使うために作っているんだから、当たり前じゃない」

使用人の女性が開発中の武器のことを話せば、私兵団員達が慌てた。

開発中の武器といっても、武器の携帯が難しいところでどうしたらいいかと、使用人達と頭を悩ませながら色々作っているものだ。基本的には殺傷能力はなく、もしもの時に逃げる隙を作る程度のものである。そこまで慌てさせるほどのものではない。

「武器まで開発されたら俺達は一生勝てないだろ?! 一体、若奥様はこれ以上強くなって、何処をめざ——あいたっ!!」

「若奥様が強くて何が悪いの?! 文句言う前に、もっと腕磨きなさいよ!」

私にいまだに勝てていない私兵団の方が武器の使用に文句を言いかければ、女性使用人が頭を叩き、目を吊り上げた。それに対して男性は怯む。

でも私はミハエルを守るために若奥様という地位を得たので、やっぱりもっと強くなる必要はあるし、悪いことではないと思う。……実戦訓練の難易度を毎回上げていっているのは申し訳ないと思うけれど。

「武器を使ってもいつまでも私が勝てるとは思えないわ。以前より私兵団の動きも良くなっているもの。それに私が作っている武器は女性の使用人が誰でも使える護身具よ。私だけではなく、それぞれが自分の身を守れれば、私兵団も守りやすいでしょう?」

「えっ。私達もですか?」

「ええ。そのつもりだったのだけれど? もしも私の命が狙われたら、近くにいる皆も危険でしょう?」

もしもの時、護衛任務に就いた人は、私を優先的に守るだろう。余裕があれば使用人も守ってくれるだろうけれど、その時にならないとどうなるかは分からない。

「だから色々協力してくれると嬉しいのだけど……」

私一人が使い勝手が良くても駄目なのだ。

「もちろんです、若奥様！」

「料理長もまた、面白いものが手に入ったら教えてくれると言っていました」

「まあ、仕方ないですね。俺らも協力します」

「体だけは丈夫なので、俺も！」

ニコニコと協力を申し出てくれる使用人の方々は本当にいい人達でありがたい。でも協力するという私兵団の方は、武器の実験体になるということなのだが本当にいいのだろうか。

必要な時はためらわず使うけれど、積極的に人体実験をしたいという気持ちはない。若奥様という立場だと、下手をすれば命令になってしまうと思い、私はへらりと笑うだけに留めた。

公爵家の女主人として、こういう場合どういう言葉がけが正解なのかまだ分からない。

「えっと。そうだ。彼も部屋の中に運んであげて下さいね？　このままだと風邪を引いてしまうので」

綺麗に蹴りが入ってしまったために、昏倒した私兵団の男は会話している間もずっと雪の上で横になっていた。雪が緩衝材となったので比較的ダメージは少ないと思うが、このまま気絶していると風邪を引くどころか凍死する。

帽子を拾いかぶりなおしながらお願いすれば、皆いい笑顔を見せてくれた。

「はい、もちろんです」

「若奥様の手は煩わせません」

「俺達で後はやりますから」

まるで殺してしまった後の処理みたいな言い方に聞こえ、私は笑みを引きつらせた。先ほどのぎっくり腰の男性と同じでミハエルの嫉妬が恐ろしいからという理由だからだろうけど少し言い方を考えて欲しいと思う。まあ彼らも冗談なのだろうけれど。

でも使用人に冗談を言ってもらえるほどバーリン公爵家に馴染めてきているのだと思うと嬉しい。ミハエルの家がちゃんと私の居場所になってきているということなのだから。

私はこの幸せを噛みしめながら、使用人達と雪かきを続けた。

一章：出稼ぎ令嬢への手紙

雪かきを終えた私は、道具の片付けなどは使用人の方々にお任せし、屋敷の中に入る。雪かきついでに、使用人達と雪人形を作ったので時間がかかったが楽しかった。

「イリーナ様、こちらのタオルをお使い下さい。それからサウナの準備ができていますので、体を温めましょう」

屋敷の中に入れば待ち構えていた傍仕（そばづか）えのオリガが私にタオルを差し出した。帽子の上やコートに積もった雪を払っていた私はありがたく使わせてもらう。

「ありがとう。でもオリガの体が冷えてしまっているじゃない。こんな寒い場所で待っていなくても大丈夫よ？」

本来は屋敷の女主人が雪かきなどしないので、傍仕えがこんな寒い玄関先でタオルを持って待っていることなどない。

温かい恰好（かっこう）をしているが、オリガの顔色はあまりよくない。外で雪かきして動いていた私とは違うのだ。

「本当は私も雪かきをご一緒したかったのです。これぐらいはさせて下さい」

「でも雪かきは傍仕えの仕事ではないもの。そんなことはお願いできないわ」

「屋敷の女主人の仕事でもございません」

はい。その通りです。

本来傍仕えは、女性の使用人にとっては憧れの職業と言ってもいい。見目が良く教養がある者が選ばれ、雪かきや洗濯などの雑務は免除される立場なのだ。オリガも例にもれず赤毛の美しい女性だ。それなのに私の我儘（わがまま）のせいで、業務外の仕事をさせるわけにはいかない。

そう思っても、私がそもそもそういう型破りなことをしなければいいのも分かっているので私は体を縮こませた。

「えっと……その……」

「ですが、イリーナ様がやりたいことをできるように動くのが傍仕えの仕事です。ですからイリーナ様が楽しめたのなら、それでいいのです。ですがお風邪を引かれるのは困りますから、タオルを渡したりサウナの準備をしたりするぐらいはさせて下さい」

「ありがとう。オリガ。貴方（あなた）が私の傍仕えになってくれて本当に嬉（うれ）しいわ」

私は冷えてしまったオリガの手をギュッと握る。

オリガは、元々はミハエルの妹の傍仕えだったが、私がミハエルと結婚したことで異動となった。彼女は私がミハエルと婚約しているにも関わらずそれを知らなかったためにバーリン公爵家で働いてしまったという過去も知っているので、安心感がある。

ついこの間も移動だけで大変な田舎にある実家まで嫌な顔一つせずついて来てくれた。まさに使用人の中の使用人である。大切にしたいけれど、今のところ迷惑をかけてばかりだ。

「も、勿体ないお言葉です」

「オリガも冷えてしまったし、一緒にサウナに入りましょう？」

「えっ？」

「あっ。でもバーリン領では湯船につかるのが主流だから使ったことがない？」

私が住むザラトーイ王国は私が知る限り、サウナを使っている人の方が多いと思う。私の実家であるカラエフ領もサウナが主流なので湯船につかる入浴文化のバーリン領の方が珍しい。そしてバーリン領で入浴しているため、王都の屋敷にはサウナとは別に浴槽が存在し入浴するのが常だ。

しかし私がサウナに慣れているために、今日は用意してくれたのだろう。

「いえ。王都とバーリン領を行き来しておりますので、使ったことはございますが……」

「なら、大丈夫ね。一緒にお願い」

私のお願いにオリガは仕方がないなという顔をした。

サウナ用の小屋は屋敷の裏から出てすぐのところにある。

中は実家のものより広めでちゃんと水風呂付きだ。外が髪の毛も凍りそうなぐらい寒いので、中の暖かさにほっとする。

「ミハエル達も使っていたサウナかぁ」

幼いミハエルはきっと普段使わない分、暖炉に水をかけて蒸気を出す時にキャッキャ言いながらやっていたんだろうなぁ……想像するだけで天国だ。

「イリーナ様。既に何度か使われているのですから、まずは体を温めてから妄想をして下さい」

「そんな。ミハエル様が使われていた場所なら何度でも感動できるので——いえ。そうね。まずは体を温めるわ」

脳内では妖精のようなミハエルに妹のディアーナとアセルも加わった夢の楽園が繰り広げられていたけれど、私だけではなくオリガも寒いのだと思い出すとスンと頭が冷えた。

確かに今は妄想より体を温める方が先だ。

たぶん服装が、今はミハエルが幼少期に着ていた服を模したズボン服だから余計に妄想がたぎってしまったのだろう。なぜそんな服を用意できるかと言えば、私が名実共にこの屋敷の女主人となったためだ。おかげで、この屋敷にある無数のミハエルがかつて使っていたけれど今は使っていないものという名のお宝を自由に見ることができる権利を私は手に入れた。

この幸運に気が付いた時、私は神に祈りを捧げた。そして流石に本物を着るなんて恐れ多いことはできないので、模造品をオリガと共に作製し、雪かきなどズボン服が欲しい時に使用しているというわけだ。模造品とはいえ、神と同じ服……何という贅沢だろう。私は世界一幸運な女に違いない。

「イリーナ様？　お手伝いは必要でしょうか？」

「ごめんなさい。大丈夫よ」

服を見下ろして再びにやにやしてしまったためにオリガに声をかけられた。私は慌てて脱ぐと布を体に巻いて暑さ軽減用のサウナハットをかぶる。これをかぶり忘れるとのぼせるし、髪も傷みやすいのだ。

私は片付けや準備をするオリガより先に中に入ると、暖炉に水をかける。いい感じに蒸気が出たところで中に用意されていた長椅子に座った。

「失礼します」

「どうぞ。とても暑くて気持ちいいわ。準備、大変だったでしょう？　ありがとう」

隣に座るオリガを私は労った。

ここ最近は雪が酷いので、準備も大変だったはずだ。我が家では自分で井戸から水を汲み、それをそりに乗せて運ぶのでその手間はよく分かる。

「いいえ。問題ございません。イリーナ様が雪かきをやって下さったおかげで、井戸までの移動が楽ですから」

「ううう。普通はやらないわよね。ごめんね、普通のご令嬢と違って」

「あっ。申し訳ございません。嫌味ではなく、本当に助かっているのです。王都もバーリン領もここまでの雪は珍しく、皆苦戦していますから。コツを教えてもらえたと喜んでいました。そういえば去年もイリーナ様は雪かきがお上手でしたね」

「カラエフ領は知っての通り雪しかないような場所で、昔からずっとやっていたからね。冬は必ずカラエフ領にいたから、毎年雪かきをしていたの。だから見るとどうしても体がうずいてしまうのよね」

雪かきは幼い頃から私の仕事だった。

父は期待できないどころか怪我をして遭難しそうなので任せられなかったし、母も得意ではなかった。走れない代わりに体力を使うためにというのもあるけれど、雪を見るとどうしても張り切ってしまう。

なんとかバーリン公爵家に合わせた生活を送らなければと思うが、まだまだ結婚前の癖が抜けないので、私に仕える使用人には申し訳ないなと思っている。

「……あの。これは私の独り言と言いますか、その……かなり不敬になるので、この場限りにしていただけるとありがたいのですが……」

「何でも思っていることは言ってね。私はまだ主人という立場に慣れていないから、きっと皆不満とかあると思うの。でも言ってもらえないと、改善もできないから」

「不満なんてない——いえ。あるとすれば、イリーナ様は素晴らしい主人ですので、あまり悲観したり否定したりしないで欲しいです。私はイリーナ様に仕えられて幸せですから」

「オリガ……」

なんて優しい傍仕えだろう。

もっと不満をバンバン言っていいのにと思うのに、気を使った言葉を言われてしまった。

「それで独り言の件ですが、バーリン公爵家の皆様は、とても外面がいい一族です」

「へ？」

何を言うのだろうと思えば、予想もしていなかった言葉に私は目を丸くした。

「悪童と呼ばれるぐらいの悪戯をするミハエル様は貴族達の前では天使のような顔をしていました。ディアーナ様は可愛らしいものが好きですが人前では自分の顔立ちに似合うものを身に付けられますし、アセル様はかなり好奇心が強く行動力があるのですが、人前では可憐な少女を演じます。何を言いたいかと言いますと、貴族として対外的に見せる場面で公爵家らしくしていれば、後は自由にしていいと思うのです」

オリガはそう言って少し困った顔で笑った。

「それにミハエル様もイリーナ様の望むように過ごせるように気を配って欲しいと言われました。だから雪かき程度でイリーナ様が気に病むことはないと思います」

「……ありがとう」

私がこれまで暮らしてきた生活と公爵家の生活は大きく違う。でも外面だけ取り繕っておけば、とりあえずは大丈夫だと言われて私は少し肩の荷が下りた気分だ。

「それにしてもオリガはミハエルの幼い頃も知っているのね」

悪童と呼ばれたのはたしか学校に通うよりも前の話ではないだろうか？　オリガの年齢的に、その頃はまだ働いていないと思ったけれど、バーリン領では有名な話なのだろうか？

「私の両親はバーリン公爵家の使用人なんです。そのため幼い頃から公爵家の皆様にお仕えできるようにお手伝いをしていましたので、皆様のことはよく知っているのです」

「えっ？」

何その羨ましい環境。

そんな思いが顔に出てしまったようだ。オリガは苦笑いをした後、何かを思いついたようにクスリと笑った。

「特に羨ましがられるような環境ではありませんでしたが、でもミハエル様達の昔話をすればイリーナ様を喜ばせられるので、今そんな環境で良かったなと思いました」

使用人は住み込みの場合が多いので、使用人同士の結婚というのは大変だ。だから結婚相手としては故郷に住む土地持ちの幼馴染が一番いいと昔の仕事仲間は言っていた。そのことを思い出し、羨ましがるのは無神経だったなと反省する。しかしオリガは私が悲しい顔をするのを嫌がっているようなので私は特に謝罪はせず話題を変えることにした。

「ミハエル様を幼少期から見ていたのなら、オリガはバーリン領生まれで合っているかしら？」

「はい。そうです」

「なら、お湯が湧き出る場所を見たことはある？　私はまだ見てないから気になっていて」

　バーリン領は不思議な場所だ。

　そこの土地の者からしたら普通なのだろうけれど、地面からお湯が出てくるなんて、私はバーリン領以外では知らない。折角だからその様子を見てみたくもあったが、最初の時は使用人として滞在していたので行く暇はなく、次も結婚前に少しでも令嬢教育を詰め込まなければという焦りが強くて観光する心の余裕がなかったのだ。

「ええ。あります。実は複数個所あるのですが、私が見たのは池のようになっている場所でボコボコと下から噴き出していました。場所によってはお湯が濁っていたりもするようです」

「へぇ。それはとても不思議な光景でしょうね」

　カラエフ領にある山には水が湧き出る場所があるので、地面から水が出てくるという現象は何となく理解できるけれど、池のようになっている場所からお湯が噴き出すというのは想像しづらい。

「湧き出たばかりの場所は熱すぎて触ることができないぐらいなんですよ」

「それは凄いわね。どうしてお湯が出てくるのかしら」

　謎だ。

　それでもこれは世間話のようなもので、本気でその謎を解明したいと思っているわけではなく、オリガも不思議ですねと同意するだけだと思っていた。

　しかししばらく無言が続き隣を見れば、オリガが難しい顔をして前を向いていた。

「えっ。いや。不思議だなと純粋に思って言っただけで、オリガに説明してと無理難題を言ったわけではないからね？」

「分かっております。このお湯の不思議についてですが、イリーナ様も結婚なさってバーリン領の者となられたのでお伝えしてもいいかしらと少々考えていました」

「バーリン領の者だけが知ることがあるの？」

「はい。決して他領の者には伝えてはならないと言われていることなので、イリーナ様もご実家の方には内緒にして下さい」

　そんな秘密を知ってしまっていいものかと思ったが、バーリン領の者だけは知っているということは、知らなければいけないことなのだろう。私はコクリと頷いた。

「実はバーリン領は火の神形がいる特別な土地なのです」

「火の神形って、全身が炎に包まれていると言われる、あれよね？」

　私自身は一度も見たことがないので、本当にいるのかどうかも怪しいと思っている神形だ。確か一度王都の美術館で描かれたものを見たけれど、あれも想像で描かれたものだと教えてもらった。

「何処にいるのかは教えていただけませんが、領主は知っており、討伐の周期も決められ確実に討伐はされているそうです」

　神形というのは放置すればどんどん大きくなると言われている。実際王都では春に臨時の討伐専門武官を採用し、大規模な水の神形の討伐が行われる。それにより大型の水の神形の出現を抑えていた。

　もしもこの火の神形が大きく育ってしまった場合は、大変どころの騒ぎではない。バーリン領だけでなく隣り合わせの王都も酷い災害になるだろう。つまりしっかりと出現場所が把握され討伐周期も管理されているから人が住める土地になっているだけだ。

　想像しただけで恐ろしく、私は二の腕をさすった。

「お湯が湧き出るなんて素晴らしい土地だと思っていたけれど、知らないだけで大変な土地なのね」

「私達は実際に討伐に加わらないし、火の神形で困った経験がないので素晴らしい土地という感想は間違っていないと思います。ただし王都は水の神形、バーリン領は火の神形を抑えこの国を守る大切な場所なのだと私達は言い聞かされながら育ちます。重要な場所だから公爵が治めているのだと」

　王都で水龍（ウォータードラゴン）を初代王が討伐したのがこの国の始まりであるという話は国民が皆知っている。そこにバーリン領では火の神形の話が加わっているのだろう。火の神形のことが知られ悪用されるといけないのはあるが、あえてそれを外部に喋（しゃべ）ってはいけないとしているのは、領民に特別感を持たせ統治するために使っているのかもしれない。そうでなければ、火の神形がいることすら領民には黙っておき、討伐に関わる者のみで情報を共有すると思う。

「そんな話がバーリン領にはあるのね」

「はい。氷龍（アイスドラゴン）の出現が多いカラエフ領も大切な場所ですから、きっと初代カラエフ伯爵は国王にとても信頼された家臣だったのでしょうね」

「へ？」

カラエフ領が大切な場所？

私のカラエフ領のイメージは王都から遠く、雪しかないド田舎だ。認識差が大きすぎて、一瞬何を言われたか分からなくなる。

「毎年氷龍が出て討伐をしなければならない土地ならば、国が荒れないためにも大切な場所ですよね？　討伐に失敗すれば、春が遅れてしまうのですから」

「そう言われると……そうね」

もしも討伐に失敗し、氷龍が複数体出たら国中で影響が出そうだ。そう言われると、氷龍が出やすい土地というのは、国を管理する上では結構重要な場所なのかもしれない。ド田舎なので国の中での影響力はまったくないけれど。それどころかお金もない貧乏な場所だけれど。

分かるけれど分からない話に私は若干（じゃっかん）のぼせた頭を冷やそうと水風呂に入る。

「すみません。困らせるつもりはなかったのですが……」

「大丈夫よ。自分の故郷だから他の視点で見ると不思議な気分になっただけだから」

オリガ説はおかしいわけではない。

ただカラエフ領を知っている身として、違和感がありすぎる言葉にギョッとするだけだ。

「オリガも行ったから分かると思うけれど、カラエフ領は本当に雪しかないような田舎なの。オリガが言っている意味は分かるけれど、それでも首を傾げたくなってしまうの」

「イリーナ様は卑下されますが、カラエフ領の者は農夫ですら皆明るかったですし、雪深く生きづらい土地なのでしたら、なおさら統治が素晴らしいと思います。それにカラエフ領は武が強い方が多いとご領主様も仰っていましたし。私もイリーナ様のように精進したいと思っています」

「へ？　私？　いや。え？　どうだろ……」

オリガが私を目指すようなことを言い出したため、私は再びギョッとしてしまった。

「イリーナ様ほど強くはなれないと思いますが、イリーナ様をお守りするためにも――」

「ま、待って。そうではなくて、その……。オリガは公爵家の使用人で、公爵の娘の傍仕えまでした優秀な使用人よ？　私は公爵家で勤めたことなど一度もなかったし、私を目標とするのはちょっと……」

今でもオリガは十分素晴らしい。

私も大概斜め上に努力している気がすることがままあるけれど、オリガまで斜め上に進まなくてもいいと思う。傍仕えの仕事はそういう勇ましい荒事ではない。

「でも傍仕えが一番イリーナ様と接する時間が多く、イリーナ様が危険な時は私も同様の状況になっていると思います。そうなると、護身術は必要ではないでしょうか？　イリーナ様もだから護身具を考えて下さっているのですよね？」

「えっと。その通りなのだけど……」

オリガの言っていることは間違っていない。

間違っていないけれど、やっぱり斜め上に努力の方向性がずれてきていないだろうか？

「それにもしもの時にイリーナ様と連携ができるようになれば、ミハエル様の助けにもなると思いませんか？」

「ナルホド。素晴らしい心がけです」

私は感動した。

傍仕えなのにミハエル様のために戦う術を持とうとするなんて。私の目は曇っていた。その力を望むならば、職種など関係ない。私はミハエル教の第一人者として協力するべきだ。

「できれば以前見せていただいたテーブルクロス引きを教えていただきたいです」

「全力で教えるわ」

「他にもイリーナ様とご協力する際に何か秘密のやり取りとかできるといいのですが……」

とっさに協力して戦うことができる私兵団とはまた違う。でも急な時に私達だけで何か伝え合えるものがあると、逃げるのにも便利だ。

　手紙なら暗号などあるが、急な場合に暗号は書かないだろう。

「遠くでも聞こえるようにするとなると……指笛とか？」

「指笛ですか？」

　私はピンときていないオリガに指笛を披露する。とある富豪がペットを呼ぶ時に使っていると、以前使用人に教えてもらったのだ。

「この指笛の鳴らし方で意思が伝えられたら便利ではないかしら？」

　使う機会はないかもしれないけれど、内緒の暗号を作るようで私達は楽しく意見し合った。

　その後もたわいない話をしつつサウナと水風呂を往復した私達は着替えをして外に出る。結構長々と話していたため、体の芯からほかほかで、相当寒いはずなのにむしろ心地よく感じる。

　サウナから出ると次は昼食だ。

「オリガは……」

「給仕をさせていただいた後にいただきます」

　サウナは一緒に入ってくれたが、やはり食事は駄目らしい。私も使用人と主人が一緒に食べる光景を見たことがないので、こればかりは仕方がないと内心ため息をつく。

　これまでずっと屋敷にはディアーナとアセルがいて、朝、夕はミハエルが一緒に食事を摂ってくれていた。そのせいで三食ずっと独りで食べるのは寂しい。とはいえ、ミハエルがいないのは仕事なのだから仕方がないし、公爵家ではなく王都の屋敷に留まると決めたのは自分だ。

「イリーナ様、こちらを今日は飾りましょうか？　それともこちらを飾りますか？」

オリガにたずねられ彼女が持ち上げた姿絵を見た瞬間、一気に元気が出た。

「そ、それは。七歳のミハエル様と十八歳のミハエル様」

「……正解です。流石です」

オリガが一瞬なぜ分かるという顔をしたが、ミハエル教信者なら、以前見せてもらったミハエルの過去の服から年齢を推定できて当然だ。

「どちらも初めて見る絵姿よね？」

まだ見たことのないお宝に、心臓が高鳴る。

七歳のミハエル様は、頬が今よりも丸みを帯び、カッコイイというより可愛らしい姿だ。その隣には、ディアーナとアセルが並んでいる。十八歳のミハエル様は真新しい新人用の軍服を着ていた。きっと進路が決まった頃に描かれたものだろう。

どちらも甲乙つけがたい逸品だ。

「はい。今朝しまわれていたものを倉庫から出しましたので、イリーナ様がお目にするのは初めてかと思います」

ですよね。

一度でも見たならば私が覚えていないはずがない。父ほどの記憶力は持っていないけれど、

ミハエル様のことに関してならば、私は絶対忘れない自信がある。

「に、二枚とも飾って食事をいただくのは可能かしら?」

どちらにしますかと聞かれたけれど、あえて言おう。どちらも見たい。選べない。舐めるように細部まで見て過去を感じ、ミハエル成分を摂取したい。

ああああ。でもそんな贅沢、してもいいのだろうか? 流石に我儘がすぎるかしら?

「もちろんでございます。イリーナ様が少しでも寂しくないようにお手伝いするのが私の仕事ですから」

「ありがとう、オリガ。貴方が傍仕えで本当に、本当に良かったわ」

普通ではない趣味なのは自分でも分かっている。それでも私を喜ばせるために時間を割き、お宝を発掘してきてくれるオリガは本当に素晴らしい。

「勿体ないお言葉です」

そう言って、オリガはミハエルの絵を見やすいように飾ってくれる。ミハエル様を鑑賞しながらの食事。

これはミハエルだけでなく、ディアーナやアセルがいてはできない秘密のお楽しみだ。先ほどの寂しさなど、絵を一目見た瞬間に吹っ飛んだ。独りが楽しすぎて幸せだ。

「七歳のミハエル様はとても可愛いらしいですが、アセルが洒落にならないぐらい美しい幼児ですね。ぬいぐるみを抱えているのが可愛すぎます。ディアーナも今の面影がしっかりある美しすぎる幼女ですね。素晴らしい。神が作り上げた芸術がここに詰まっています」

ふんわりとした銀髪のミハエル様の隣に立つ同色の髪のディアーナとお座りしている金髪のアセル。背中に翼が描かれても違和感がないぐらいの絵だ。

瞳の青も綺麗に表現されている。

「確かに、使用人の間でも眠っている時は美しすぎて人形のようだと言われていました」

「えっ。起きている時は……」

「悪戯好きの妖精と」

似合いすぎる言葉に私はクスクスと笑った。

「お子様方で皆鍛えられていますから、イリーナ様が少々風変わりなことをされても、皆臨機応変に応えられますので、これからも何かありましたら仰って下さい。それに私はイリーナ様が自由に好きなことをされているのを見るのが好きなのです」

「えっと、自由すぎて大変じゃないかしら？」

今日も使用人と一緒に雪かきしたり、私兵団をのしたりと普通のご令嬢とは違う自覚はある。今のミハエル様の絵姿鑑賞会もセーフかアウトで言えば、アウトだろう。人目がないから許される範囲の内容だ。ただ一生懸命普通になろうとすると息苦しいので、多少のはめ外しを許してもらえるのは本当にありがたい。その分周りには苦労をかけてしまいそうだけれど。

「大変な時もありますが、私はそれでも自由に過ごすイリーナ様を見たいです。それにイリーナ様は私達使用人が働きやすいように気を配って下さいますから。私達の気持ちや立場を本当の意味で理解して下さるのはイリーナ様だけだと思っております」

たぶんこれは私が今までずっと出稼ぎをしていたことを言っているのだろう。

貴族の間なら、伯爵家の令嬢が？　と眉をひそめられるが、使用人の間では好意的に受け止めてもらえているようだ。なんだか気恥ずかしくて私は誤魔化すように提供された料理を口に運ぶ。

「後はミハエル様が身を固めて下さったことに皆安堵をし、感謝していると思います。公爵家の跡取りと決まっているのに、成人を迎えても婚約者を作られませんでしたので、皆やきもきしていました」

普通はあの年で、家柄に問題がないのに婚約者がいないというのは、何らかの別の問題があるのでは？　と考えられる。私はそれもあり、男色家ではないかという噂を信じてしまい、ミハエルを半泣きにさせた。

「私こそ使用人の皆のおかげで、聖地で快適に過ごせて、尚且つミハエル様の幼少期の絵姿や服、使用していた小物が見放題にしてもらえて感無量なんだけどね。できれば今後私自身でもミハエル様グッズを作りたいなぁと思うけど」

掘れば掘るほど宝が出るので、今のところミハエル様成分は足りている。しかしそれでも私は自分でも作りたいのだ。

「ミハエル様グッズですか？」

「ええ。刺繍や人形は今までに非公式で作ったけれど、できることならミハエル様の像を領地に打ち立てたいです！」

流石に像を非公式に作るのは憚られるので、やはりこれはミハエルが何か偉業を成した時に公式で、監修私、出費者私でミハエル様像を建てたいのだ。

「等身大の像となればさぞかしお金も必要となると思うけど……――はっ。しまったわ。どうしよう?!」

「えっ、どうされましたか？」

私はミハエル様像を想像しうっとりしていたが、お金のことを考えた瞬間現実に引き戻された。

「お金がありません」

「お金ですか？」

「はい。以前なら、ないならば稼げばいいと思ったのだけど、結婚したので働くのは醜聞になってしまうし……」

しまったぁぁぁぁ。私は働かないとミハエルと約束してしまったことを後悔した。

働けない。つまり自分が自由に使えるお金がないということだ。

「ご安心下さい。公爵家では次期公爵夫人が使える予算がございます」

「いいえ。それは駄目よ。そういうお金は、私が服を買ったり、使用人に褒美を与えたりする時に使うもので、一個人の趣味に使うべきものではないわ」

確かに、公爵家から予算は振り分けられているけれど、あくまでそれは公爵家として必要なものに対しての予算だ。

「それに自分で稼いだお金だからこそ、私による私のためのミハエル様像を作れるの」

与えられた予算を使えば、あまりに高額な場合他者から無駄遣い(むだづか)など色々言われるだろう。しかし自分で稼いだお金の場合、他者が口出しできないお金となるのだ。

だから実家でも私が布を買いミハエル人形を作っても、誰も文句を言わなかった。

「うっかりしていたわ。これはミハエルが帰ってきたら相談しないと」

何か説得できる理由を作り上げ、春の臨時の討伐専門武官をしたいところだ。そこで荒稼ぎし、かつて私が貯(た)めたお金も使って何とか像の代金を捻出(ねんしゅつ)できないだろうか？　でも、一回の参加では足りないので、恒久的に参加できる理由が欲しい。

「若奥様、よろしいでしょうか？」

「はい。どうしたの？」

うーんと理由を考えていると、執事に声をかけられた。

「実は先ほど、王家からお茶会の招待状が届きましたので、ご報告に参りました」

「えっ。王家?!」

これまでの人生ではあり得ない名前に、私は優雅さから程遠い顔で、差し出された手紙を凝視した。

ミハエル・レナートヴィチ・バーリンは不幸だ。

俺は書類に埋もれる机の前で自分の不幸を嘆いた。

「はぁぁぁぁぁ。俺はどうしてこんな場所にいるんだろう」

「仕事だからですね」

本当ならば俺は世界一幸福な男として、最愛の妻と一緒に幸せな毎日を送っていたはずだ。雪に埋もれた家の中で、これでは外に出ることもできないねと笑い合いながら、二人きりを満喫するはずだった。

「今すぐお家に帰りたい」

「無理ですね。頑張って下さい」

俺のささやかな望みは副隊長により何のためらいもなく一瞬で切り捨てられた。酷い。

思わないのかい？」

「ねえ。新婚なのに離れ離れになってしまった可哀想な夫婦を少しでも幸せにしてやろうとは

早く終わらせようとか、少しは慰めるとかあってもいいじゃないかと思う。俺は社会の厳しさを前に、机の上に置いていたはがきサイズのイーシャの姿絵を抱きしめた。こんなに長くイーシャと離れ離れにならなければいけないなんて、なんて残酷な現実なのだろう。

「氷龍を退治することは国を守るための大切なお仕事です。そして国を守るということは、上官の最愛の妻を守るということ。妻の安全を自ら守れるなんて素敵じゃないでしょうか？　ほら、絵姿の奥様も『キャー、ミハエル様素敵、愛している』と言って微笑んでいますよ」

「……俺のイーシャは俺のことをミーシャと呼ぶし、そんな喋り方はしない。イーシャに似ているところなんて人間だということぐらいなのに、そんな雑にものまねをしないでくれ」


俺は裏声で話す副隊長をギロリと睨む。性別どころか、黒髪も琥珀色の瞳も類似点が何もない。しかし年上だからか、それとも図太い神経をしているからか、副隊長は俺がいくら睨んでもまったくこたえた様子がなかった。


似てないものまねも腹が立つけれど、彼女がミハエル様と呼ぶ時は間違いなく俺を神と崇めている時の使徒モードだ。俺を褒めたたえてくれるが心の距離が離れすぎていて地味に傷つくので止めて欲しい。

「それにしても、討伐だけならまだしも、何で遠征先でまでこんなに書類が煩雑なんだよ。い

つもどうしているんだ」

「いつもはここまで神形の討伐が酷くないので討伐回数が少ないですし、緊急性のあるものとそうではないものに分けて、緊急性のあるものはバーリン領に送って、緊急性のないものは休み明けまで残していますね」

仕分けしなくて済む分、俺は楽ですねと笑う副隊長に殺意が湧きそうだ。でも確かに、分けられて渡されているだけで同じようなものを処理している気がする。そして休みの間は緊急性の高い書類をまとめるだけなので、そこまで負担ではないのだ。

休み明けは少々書類が溜まっているがこんなものかといつもやっていた。

「……もう少し書類を何とかしようとか思わないのか？」

「国のために、新婚なのにも関わらず、夫を仕事に送り出してくれる奥様は大変素晴らしい方ですね」

俺の言葉を無視して彼はイーシャを褒めたたえた。ここでぐだぐだと言っても、書類は減りそうにない。それに本当に書類仕事が苦手なのは分かっている。

俺はため息をつきつつ、再び書類に戻る。

「とりあえず国王宛に、国全体の氷の神形の活発化についての陳情書を作成しておくか」

本来なら、もっと上の立場の人物からの陳情がいいだろうが、次期公爵という立場から伝えておけば、色々融通される。

「ああ。だから数年間の氷龍の出現頻度をまとめていたんですね」

「今年が多いといっても、具体的数字をだして客観的に説明しなければ文官が動かないからな」

武官の悪い癖は、説得するために言葉を尽くす力が弱く、力押しだけで何とかしようとするところだろう。逆に文官は現場を知らずに会議室ですべてが分かると思っているところが悪い癖だと思っている。

だから武官と文官は相いれない部分が多い。

「それに俺は秋にカラエフ領で氷龍の討伐をしてきたから、冬の始まりが早まっていた件もお伝えできるしね」

冬が早まったということは素早く気付き対応したカラエフ領以外では収穫が間に合わなかった可能性も見えてくる。

この国の冬は元々長いのだ。貯えが春まで足りなかった時は多くの命が消える。その上で春の訪れが遅くなれば種まきが遅れ、次の収穫が減り、さらに多くの命が危機的状況となる。だからとにかく春が遅れないように対策を練らねばならない。

「えっ。秋に氷龍の討伐ですか？」

「……まるで十六年前の悪夢の再来みたいだな」

俺が率いる部隊でも最年長に近い者がポツリと呟くと、年上の者達はああと納得し不安気な顔をした。

　十六年前と言えば、俺もまだ子供の頃の話だ。その頃何があったかと考え、丁度イーシャの父親がカラエフ伯爵になった頃だと気が付いた。そしてその頃にカラエフ領は酷い冷害を起こし借金を背負っている。

「王都もバーリン領も影響が少なかったので記憶が薄いでしょうが、北部は壊滅的状況でした。氷龍が群れとなり、武官でも討伐中に亡くなる者が多数出ました」

「あの時は南部ですら収穫量が下がりましたからね……」

　南部は春が来るのが早いため、カラエフ領がある北部に比べると収穫量が高い。しかしその南部の収穫が下がるということは、必然的に国全体の食料が減るということだ。

　それはつまり生きるために必要な食べ物の物価が高騰するということでもある。カラエフ伯爵が借金を負ったのは、高騰したとしても、領民を少しでも飢えから救うためのお金だったのだろう。

「俺は十六年前も討伐部にいましたけど、あの時は夏が来るまで氷龍に警戒していましたから」

　その言葉に俺はゾッとする。

　王都は春に水の神形の討伐に全力を注ぐ。しかし夏まで氷龍に警戒していたということはそれだけ戦力が別の場所にとられるということだ。水の神形の討伐をしっかりやらなければ、今度は王都で水にまつわる災害に苦しめられる。北部だけでなく王都も災害で崩れれば国の危機だ。

「その時も秋から氷龍が出たのか？」

「いえ。最初に氷龍が出たのはいつだったのかは、分かりません。氷龍の討伐は領主の義務ですが、出現の報告義務はないので。ただ秋に氷龍が出たという噂が武官内で流れていました。実際のところ誰も本気にしていなかったんですが、各地から氷龍の討伐のための武官派遣依頼が来るようになり、あの噂は本当だったのではと後から皆思うようになったんです」

カラエフ伯爵も今年は雪が深くなるとあらかじめ手紙に書いてイーシャに送っていたということは、あの季節外れの氷龍はやはり多くの氷龍が出る前兆なのだろうか？　ただしカラエフ伯爵が、雪が深くなると手紙を書いたのは氷龍が出る前の話だし、カラエフ伯爵がそれを断定するようなことは言わなかった。そのため国中で氷龍の発生が増える前兆と言い切るには少々情報として弱い。

推測は述べず事実だけを書かなければ、情報すべてが眉唾物（まゆつばもの）とされてしまう。俺は書くべき情報を精査し、どう書くべきか考える。

「氷龍が出るのは大変ですが、おかげで研究部署の審議が止まって良かったですよね。もしも書類業務が得意なミハエル上官がいなくなったら、これだけ大量の書類どうしようかと」

「俺も討伐部に残りたいけれど、別に書類業務がしたいからじゃないからな」

むしろ減らせ。全員で、全力で減らせ。

最低限誤字脱字せず、計算間違いするな。

そう思うが、武官は最低限の読み書きと算術ができればよしとなっていて、本当に最低限しかできない者も多いのだ。そんな中仕事が煩雑になっている討伐部は、神形の討伐と研究に分けようとなっている。

俺はできれば討伐の方に残りたいが、現状を考えると文官が移動してきた研究の方に振り分けられ武官との橋渡し役をさせられるだろう。しかし書類業務ができる人材が全員引き抜かれた討伐部は……正直大丈夫だろうか。

「失礼します。ミハエル隊長に王太子殿下から書簡が届きましたので、お持ちいたしました」

喋りながらも陳情書を作成している時だった。王都からわざわざ雪の中送ってきた書簡にものすごく嫌な予感がする。できれば読みたくなかったが、わざわざ届けたということは俺が王都に戻るのを待てないほど、緊急性の高いものだろう。

王子は嫌がらせのような面倒な仕事を俺に回してくることは多々あるが、優先順位は間違えない。そのため諦めて受け取った。

そして書かれた書簡を読み進め、俺は固まった。

「何でそうなる……」

頭痛がする書簡に俺はまた振り回される未来を幻視し、ため息をついた。

先日王家から送られたお茶会の招待状は、王太子殿下の婚約者であるエミリアからだった。オリガにきっちりと化粧してもらい、王宮に赴(おもむ)いても問題ないドレスを身に纏(まと)いながら私はエミリアのことを思い出したため息をついた。夏の王太子殿下の誕生会の頃は既に国に帰っていたようで出席していなかった。

エミリアと会ったのは春の頃だ。その頃お忍びでこの国へと来ていた彼女と男装した状態で知り合い、女装姿で護衛するという何とも奇怪な状況で交流をした。結局は女だと気づかれ、ミハエルの婚約者だとも知られてしまっているが、彼女も私もお忍びだったので、対外的には今回のお茶会が初対面となる。

「あああああ。緊張する」

できれば、ミハエル又はディアーナかアセルが一緒にいて欲しかった。しかしこの王都の屋敷に現在滞在しているのは私だけだ。この雪の中バーリン領から二人を呼び寄せるわけにはいかない。こんな招待状が送られてくるならバーリン領にいた方が良かったと思うが、後の祭りだ。

　ミハエルが仕事でいないことを理由にしたくても、お茶会は本来女性同士で行うもので、夫の許可は普通はいらない。さらに王家からのお茶会を断るならばそれ相応の理由が必要だ。しかしそんなものはない。

　そのため、私は以前の護衛で多少はエミリアの人となりを知っているから大丈夫だと自分に言い聞かせて一人でお茶会に参加することになった。

「イリーナ様でしたら大丈夫です」

「……ええ。前に練習させてもらったんだもの。頑張るわ」

　オリガの励ましに、私は頷く。

　ディアーナやアセルが王都にいる間にお膳立てしてもらい、お茶会の主催は経験した。主催よりはまだ、ただ参加するだけの方が楽だ。それに王家のお茶会ならば参加者はきっと多いだろう。それならば、喋るのは皆に任せて、相槌を打っていればしのげる気がする。大丈夫、私だってやればできる子だ。

　馬車は屋敷前に準備され、少しでも私が雪に濡れないようにしてくれている。

「今日も雪が降り続いていますね」

　オリガが不安気に空を見上げた。私からすると前が見えるので普通の雪だが、こちらではそうではないらしい。カラエフ領では家の前なのに前が見えず遭難しかけるなんてこともある。

だからそこまで深刻な気分にはならないけれど、そう言えば数日雪が降り続いただけでバーリン領でも氷龍が出たのではと心配していて、実際に出現していた。

「ミハエルは……」

「イリーナ様？」

「いいえ。何でもないわ」

ふとミハエルは大丈夫だろうかと口にしかけたが、言ったところでオリガを困らせるだけだ。氷龍はちゃんと準備し、油断しなければ倒せる相手である。それでも先日の討伐で、久々に氷龍の恐ろしさを肌で感じた。

ミハエルは大丈夫。だってミハエル様なのだし、武官なのだから氷龍の討伐にも慣れている。私は安心材料を心の中で唱え、不安を胸の奥に押し込む。お茶会で暗い顔などするわけにはいかない。

しっかりコートを着てはいるがオリガと乗り込んだ馬車の中は冷えていた。外よりはマシかもしれないが、動かないから余計寒い。

「お茶会なんて、春からでもいいのにね」

馬車であっても寒さで快適ではないし、馬も大変だろう。雪の日は屋敷にこもっているに限る。

「次期公爵夫人と顔繋ぎをしたいのではないでしょうか？　異国からの輿入れですから、少しでも多くの貴族と誼を結びたいのではないかと思います」

「……なるほどね」

　この国の冬は長いが、春は短い。そして春が終われば結婚式のある夏だ。それまでに味方を増やしておきたい気持ちは分からなくもない。

　ただ申し訳ないのが、私自身が貴族に顔が広くない点だ。普通ならばもっと多くの貴族と顔見知りになり、王女との橋渡しもできただろうが、私が社交を開始したのが夏。結婚後、秋に少しだけお茶会をしたが、冬は雪が酷いため全然社交部分は行っていない。ディアーナやアセルがいればその役目を存分に発揮しただろうが、私では呼ぶだけ無駄では……。そう思うと余計胃が痛くなった気がする。

　思惑と違ったとしても騙しているわけではないので、不敬にはならないはずだ。たぶん。きっと。

「まあ私が予想以上に使えなくても、他にもご令嬢がいれば何とかなるわよね。目指せ埋没。差しさわりない社交」

　不興を買うぐらいなら、そっちの方が断然いい。

「……埋没は難しいのでは？」

「えっ。駄目かしら？」

「次期公爵夫人は、お茶会の席では王族の次に身分が高い可能性がありますので」

言われて気が付く。ただの貧乏伯爵令嬢でなくなった私は、オリガに言われた通り、気配を消しても身分によって埋没ができない。

必死に私はマナーの授業で習ったことを反芻した。知識があればきっと大丈夫。

「イリーナ様ならば大丈夫ですよ」

「ええ。ごめんなさいね。もっと堂々とできればいいのだけど」

再び励まされ、私は反省する。せめて事前にお茶会に呼ばれた人物が誰か分かれば、話題を練っておいて困った時は話を振れるのに、ままならないものだ。

馬車は市街地を走り抜け、王宮の外門で一度検問を受けた後、そのまま庭を突き進む。王宮の庭も雪がかなり積もっていたが馬車が通る場所は雪がどかしてあった。庭だけでもかなり広大なので雪かきは大変だっただろう。

ぼんやりそんなことを思っていると、馬車が停まったため私は降りる。

案内された離宮はたぶん春に訪れた場所と同じ人魚宮殿だと思うが、雪が積もっているため庭の印象ががらりと変わっていた。目印である噴水の中に設置された人魚の像も今は雪に覆われ雪玉になっている。

「お待ちしておりました。どうぞこちらへ」

馬車を降りれば、外まで出迎えた執事が案内をしてくれた。手土産をオリガが執事と一緒にいた使用人に渡して説明をしている間に、室内履きに履き替える。

「こちらへどうぞ」

「はい」

ごくりと唾を飲み、下がりそうになる目線を上げ、私は背筋を伸ばす。

今までも慣れない社交は緊張したが、それでもミハエルやディアーナ、アセルがいてくれたから安心感があった。でも今回は一人で、助けはない。

それでも一生懸命私を指導して下さった先生方の顔に泥は塗れない。とにかく前を見て、笑顔だ。外面さえ何とかなればいい。

「お客様をお連れいたしました」

「入ってちょうだい」

案内された部屋の前で執事が声をかければ、中から女性の返事が聞こえた。

部屋の中には、数人の傍仕えと見覚えのある美しい金髪の女性がいた。私を見た瞬間エメラルド色の瞳が嬉しそうに輝く。

「貴方がバーリン次期公爵の奥様ね？」

「お初にお目にかかります。ミハエル・レナートヴィチ・バーリンの妻のイリーナ・イヴァノヴナ・バーリンと申します。本日はお茶会にご招待いただき、恐悦至極にございます」

「私こそお会いできて嬉しいわ。どうぞ、おかけになって？」

ニコリと微笑まれ示された席を見て、私は固まった。

……あれ？　明らかに狭いよね？

王女が座っている席のテーブルは、それほど広くなく、二人で歓談するのに丁度いい大きさに見える。そもそも、私以外の参加者の姿が影も形もないのはどういうことだろう？　私が早く来すぎたとでも言うのだろうか？

内心大混乱だが私はオリガに黒色のコートを手渡すと王女の傍仕えが引いてくれた椅子に座る。そして顔を上げれば王女の顔を真正面から見ることになった。……どう考えても二人っきりのお茶会のようだ。

「うふふふふ。私の言葉が上手で驚いてしまったかしら？」

「あっ。はい。王太子妃殿下のお言葉がとても流暢(りゅうちょう)で驚きました」

言われて初めて、確かに流暢だと気が付いたが、本当に驚いているのは、今回のお茶会がエミリアと私だけという部分だ。私とエミリアは公式には初対面であり、親族というわけでもない。少人数だとしても本来なら紹介者が間に入り、一対一のお茶会は開かない。極めて異例の形だと思う。

「まだ私は婚約を済ませただけで、結婚はしていないのだから、今はエミリアと呼んで下さらないかしら？」

「では、エミリア王女と呼ばせていただきます」

確かに今は外国籍の王女だ。だとしたら名前に王女をつけるでいいだろうか？　それとも名前に様付け？

　分からないが、とりあえず王女と呼んでみれば少し寂し気な表情を一瞬したが、何も言わなかった。

「もしかして、本日のお茶会は私だけでしょうか？」

「ええ、そうよ」

　念のため誰かが後から来るのかと確認をとれば、さらりと否定された。色々な意味で戦慄する。身分は高くても見目はミハエル達と違い平凡なので何とか埋没できないかなというなけなしの期待はちりとなり消えた。

「私はまだこの国に不慣れで、仲のよい者がいませんの。それで婚約者に相談したら、ご友人の妻とまずは会ってみてはどうかと助言をいただき、こうしてお茶会に呼ばせていただいたの。本来ならばもう少し大人数でやるものなのでしょうが、異国の言葉なのでまだ一対一でゆっくりとした会話でないと不安で……。私の話す練習に付き合っていただけないかしら？」

「ええ、もちろんです。私でお力になれるのならば。それにしても十分お上手ですのに、エミリア王女はとても向上心がおありなのですね」

　建前なのか、それとも本当に練習相手に私を抜擢したのか。

　王太子とミハエルの仲がいいのは、貴族の中ではよく知られている。その流れで私がエミリア王女と仲良くするというのは王家とバーリン公爵家との関係からしても推奨されるだろう。

「それにしても、私の国も冬は雪深くなる地域があるけれど、この国はとても雪が降るのね」

「そうですね。エミリア王女の国よりは元々降るのですが、今年の王都は例年より雪が降っているそうです」

「レイネン？」

「あー、いつもの年という意味です」

エミリアはかなり流暢に話すが、分からない単語もあるようだ。

聞き返されたので、私はできるだけはっきりと意味を通訳する。

「ああ。『例年』のことね。この通り、どうしても分からない単語があるから、都度聞いてもいいかしら？　イリーナは私の母国語を嗜んでいると聞いているから」

なるほど。

分からない単語を聞き流さずたずねてくるところを見ると、建前ではなく本当にこの国の茶会で出るだろう単語に慣れるために私が選ばれたようだ。普通なら、分からない単語は覚えておき、後で傍仕えにたずねたりするものだ。

もしも王家に思うところがある者がエミリアの弱点を知れば、恰好の標的にされかねないので、その点春のこともあり、信頼して下さっているのだろう。

でもこれぐらいならば、誰かとの顔繋ぎをお願いされるよりはやりやすい。

「ええ。エミリア王女のお役に立てて光栄です」

「嬉しいわ。それで例年より雪が降っているということは、今年は特別ということかしら？」

「私も元々は王都住まいではありませんのでよく知っているわけではありませんが、昔からこの土地に住む使用人が言うには、いつもの王都はもう少し雪が少ないそうです」

　窓の外を見ればまた吹雪いていた。太陽が出ている時間のはずなのに、分厚い雲のせいでとても薄暗い。

　それから私達はこの国の情報をすり合わせるように、色々な話をした。

　サモワールはエミリアの国にはないようだ。そもそも彼女の国はお茶よりコーヒーと呼ばれる飲み物を飲むらしい。お茶を飲む地域では氷砂糖を使ったり、クリームを入れてもスプーンで混ぜなかったりとこちらとは違う飲み方をしていると話す。

「この国の使用人だと、コーヒーはまだ入れられないので、母国からついてきてくれた者をどうしても重用してしまいますの」

　国が変わると、気候や言語だけでなく、お茶の飲み方まで違うのだと思うと異国から嫁ぐというのはとても大変そうだ。

「故郷のものも飲みたくなりますよね。コーヒーは私も入れたことがないので、教えていただかないと難しそうです」

「入れたこと？」

「あっ。いえ。入れたものを飲んだことがないと言いたかったのですが、少し言い間違いをしてしまいましたわ。ほほほほ」

間違えてはいないが、本来公爵夫人はお茶を自分で入れたりしない。私は笑って誤魔化すが、……誤魔化されてくれただろうか？　エミリアは私が臨時武官をしていたことを知っている。

「傍仕え同士で教え合えればいいのですが、私が連れてきた者は言語が私以上に不自由なせいで、中々意思疎通に苦戦しているようなの」

「それは大変ですね」

私の拙い異国語ですら、教師が褒めたぐらいだ。異国語ができる者の方が珍しい。それはエミリアが連れてきた者も同じなのだろう。

『言語というのはとても大切ですわね。どうしても意思疎通ができる者を信頼してしまうの』

突然エミリアが母国語で話した。

その内容は言語の通じないこの国は信頼に値しないと言っているようにも聞こえて、ひくりと笑みが引きつった。なんと言っていいか分からず目が泳ぐ。

「だから私はイリーナを信頼しておりますの。もちろん他の者とも時間をかけて信頼をし合いたいと思っているわ」

少なくとも馴染む意思はあるという言葉に、少しだけ肩から力が抜けた。この部屋の中には、エミリアの国から連れてきた傍仕えだけではなく、この国の者もいる。彼らがエミリアの言葉を聞いて何を思うか……。

いや、さっきのはエミリアの国の言葉だから私と彼女の国の傍仕えにしか分からないのか。って、それでも十分問題だ。傍仕え達の顔色はまったく変わっていないので、もしかしたら傍仕え達こそ、色々思うところがあるのだろうか？

　私はとりあえずお茶会で使われる物などを話題に選び、分からない単語をエミリアが聞く度（たび）に答えるような無難な会話をした。信頼してもらっておいて申し訳ないが、私はあまり深入りしたくない。できるなら社交が得意でない私は、影の薄い次期公爵夫人として扱って欲しい。

「そういえば、この国には『女性騎士』はいないのね？」

「『騎士』……武官や私兵のことですよね？　そうですね、そういった職業の女性は一般的にはいないと思います。ごくまれに領主の娘が私兵団に交ざって神形の討伐に加わったりはしますが」

　そのごくまれな例が私だ。でも人手が足りなかったり、跡継ぎとしての男児に恵まれなかったりした場合は女性が前線に立つこともままある。

「私の国には『女性騎士』もいたのよ。私の傍仕えをしている彼女達も、元は『女性騎士』だったの。とはいえ私の国でも『女性騎士』は少なくて、私の護衛としているぐらいで、中々男性と対等とはいかないわ」

　残念そうに話すエミリアを見て、ふと以前彼女が戦う女性が好きな話を聞いたことを思い出した。

「イリーナはこの国で『女性騎士』がいないことをどう思う？　いたらいいなとは思わない？」

「そうですね……。正直に言うと、男性と同じ数だけというのは不可能かと思います」

「それはなぜ？」

「向き不向きがあるからです。そして子を育てる間、特に妊娠から出産、その後子育てがあるのでやはり難しいと思います」

今までの職場の女性を考えると、どうしても働けない期間はできるなと思うし、体格的に恵まれず、別種の仕事の方が向いている女性の方が多いとも思う。

「育児なら、乳母がいるじゃない？」

「それはお金がある貴族や富豪だけで、それ以外の者は自分で育てます。そして富豪ならば親が商人でしょうから、『女性騎士』を目指そうと思う者は少ないと思います。貴族のご令嬢の場合はやむを得ない場合以外は守られることが普通なので、やはり『女性騎士』を目指す者は男性に比べて減ると思います」

いないとは言わないが、同数ということはないだろう。少なくとも、私が今までに働いていた場所の女性で武官に憧れている子はいなかった。

「イリーナは『女性騎士』に対して否定的立場かしら？」

話の流れ的に、エミリアは賛成派なのだろう。実際彼女の国には『女性騎士』という仕事が存在するのだから。

　太鼓持ちに徹するならば賛成派を表明するべきだろうけれど、私に求められているのは違う気がする。どちらかというと、先ほどからの延長で意識のすり合わせだろうか？

　彼女は異国の人間なのでこの国の常識に疎い。

「否定ではないです。かといって全面的に肯定というわけでもないです。女性がやるという意識がないので、突然『女性騎士』になれと言われても困惑する人の方が圧倒的に多いと思います。それを無理にというのは違うかと。でも臨時の討伐武官などで、女性参加も普通となればいいなとは思います」

　そうすれば、私もわざわざ男装して討伐することもないのだ。

　冬の氷龍の討伐は、カラエフ領では私兵団の仕事ではあるが、女性が交ざることもある。男性だけと区切れば回らないからだ。できる人ができることをやるのが当たり前で、そこに性別と年齢は関係ない。

　だから王都の臨時討伐武官で女性が参加しても普通だと思ってもらえる程度にはなって欲しいという願望はある。

「そうよね。私も別に強制でやらせたいわけではないの。ただ、女性にも選択肢があってもいいのではないかと思うの。少なくとも、私が連れてきた『女性騎士』は女性武官にしてあげたいわ。それに高位の女性につく同性の武官がいた方が都合のいい場合も多いと思うわ」

　確かに、女性武官がいれば男性武官が女装する必要はなくなり、春の時のようなことはなくなるだろう。

「私はね、この国で女性武官と女性文官を導入したいと思っているの。でもずっと男性社会できたでしょ？　だから自分達の仕事を奪われると思う男性も多いと思うわ。それに女性の中にもきっと今までとまったく違うから反対する者もいると思うの。それを緩和するために、まずは私の護衛として女性武官を置くわ。そしてそれが上手くいけば、女性がいる利点も見直されて、女性がいることが当たり前になると思うの」

「段階を経るのはとてもいいと思います」

「ただし、一つ問題があって、私が母国から連れてきた彼女達だけを女性武官として取り立てると、この国に馴染むつもりがないとこの国の貴族達が思うのではないかしら？」

　エミリアは頬に手をあて、ほうとため息をついた。庇護欲をかきたてられる可憐さだ。大丈夫ですか？　何かお手伝いしましょうか？　と自分から言ってしまいそうになるが、話の流れが不穏な気がしてならない。

「それに先ほど言ったように彼女達は私ほどこの国の言葉がまだ堪能ではないから、男性武官とのやり取りも不都合があると思うわ。だとするとこの国に馴染むという姿勢を示すためにも、護衛につく女性武官の半分はこの国の女性にしたいの」

「あ、あの。大変申し訳ないのですが、私はあまり貴族に対する伝手を持っていないので、女性武官の希望者を今すぐご紹介することができないんです。私の義妹達ならば、もしかしたら知り合いでいい人材を知っているかもしれませんが」

「分かっているわ。イリーナも結婚して公爵家に嫁いできたばかりですもの。その立場にあった新しい人脈作りって大変よね？」

しみじみとまるで同士のように言われるが、私の場合ミハエルも私の人脈作りには期待していないだろう。

ただこの共感の演出が、微妙に怖い。しっかりと私について調べ上げられている感じがひしひしとするのだ。

「でも協力し合えば効率的にできると思わないかしら？」

……今、人脈がないと伝えて、それは分かっているという答えを貰ったのに、どうしてここで協力という言葉が出てくるのだろう。

ふと職場の先輩が仕事を押し付けてくる状況に似ている気がして、ドキリとする。

「あ、あの。流石に次期公爵であるミハエルと結婚しましたので、女性武官にはなれません」

もしかして、女性武官に勧誘されているのではと思った私は、言われる前に断る。言われてもいないのに断るのは不敬だが、命令されたら非常に困る。

エミリアの国では『女性騎士』が普通でもこちらではそうではなく、次期公爵の妻という立場はむしろ護衛をつけるべきで、護衛をしている場合ではない。間違いなくそれを求めてこられたらエミリアは常識がないと言われるだろうし、公爵家と王家との関係にもひびが入るかもしれない。

「分かっているわ。イリーナの実力を聞く限り、とても惜しいけれど……」

意味深に私を見て微笑まないで欲しい。そして私の実力を誰から聞いたと言う気なのか。今日のエミリアとは初対面だから、私が多少の武芸の心得があるのを知っているとは言えないのだろうけど、周りが勘違いするような発言は止めて欲しい。

「そうではなく、できればイリーナには女性武官の指導者として力を貸して欲しいの」

「……指導ですか？」

私が？

女性武官の？

あまりの無茶振りに呆然としてしまう。私兵団に交ざって訓練を受けた経験はあるけれど、指導をできるほどの技量はない。

「ええ。次期公爵夫人が参加すれば、イリーナも女性武官に賛成の立場だと分かりやすいでしょう？　それにイリーナは私の国の言葉が分かるから間に入って意思疎通をしてもらいやすいわ。さらに、イリーナは武術の心得があるもの」

エミリアは利点を上げる度に指を増やしていく。

どちらかというと、指導員というよりも通訳を兼任した橋渡し役だろうか？　ただの通訳よりは戦えるけれど……うーん。

　それに女性武官をつくる利点はエミリアにとって色々と多そうだけれど、初の試みだ。私は忌避感がないけれど、私の行動が公爵家の総意ととられるのは困る。

「今はミハエルが遠征に出ているので、返事は帰ってきてからでもよろしいでしょうか？」

「あら。私はお願いをしているだけだけれど、イリーナが引き受けてくれるならば、王家の依頼とするから彼の意見はどちらでもいいわ。王家の依頼ならば断れないのだから」

　確かに依頼という名の命令になってしまったら、よっぽどな理由がなければ断ることができなくなる。だからこそ、断るという行動が出ないように根回しが大事なのだ。根回し段階ならば、様々な落としどころが模索できる。

　もしもここで引き受けて、公爵家がどうしても駄目だと言った時、それは王家からの依頼に背く行為となり、王家と公爵家の間に亀裂が入ってしまう。実際はそんな些細なことで亀裂はできなくても、他の貴族の目からそう見える状況が問題なのだ。

　とにかく、私としては公爵家の不利益になりかねない行動は慎みたい。

「ですが、私は嫁いだ身です。まずは一族の意向を汲んでご返答したく存じます」

　この場でお返事はできないと言えば、エミリアは深くため息をついた。はぁぁぁぁぁという音が部屋中に聞こえ、私は身を固くした。

　もしかして、不敬？　不敬だった？

でもできないことはできないと言わないと、推し進められてしまうし。

「本当に、何処も男性の意思ばかりが優先されて、嫌になるわ」

「えっと……」

「確かに公爵の意向とずれては困るから意向を聞いてからというのは分かるけど、今回の話など実際に行うのは女性で、私が依頼しているのはイリーナになのに」

一応私の立場も汲んでくれるようだが、不満なようだ。私の行為が不敬ととられなくてほっとするが、どうしたものかと困る。

今までのお茶会講座で、王族から女性武官の指導を依頼された場合の対処法なんて出てこなかった。かなり異例な事例だと思う。判断に迷う時は、一度持ち帰りたいでいいと言われたので、それを採用しているのだけど……エミリアの様子を見るとこれでいいのか不安しかない。

「イリーナの心配は何？　女性武官は賛成だし、貴方の能力も問題ないわよね？　ああ。さっき言った周りに対して女性武官に賛成と表明しているようだと、公爵家が違う意見だった場合に困るということでいいかしら？」

「そうですね」

「なら、私が参加者にはイリーナだけの意思で参加してくれているとちゃんと伝えましょう。公爵家が反対を表明してもそれだけの成果は出すので、必ず私が説得するわ。それでも反対された場合は、私がイリーナに強制させてしまったと言い、決してイリーナが困る立場にならないように尽力しましょう」

これは破格すぎる。

王太子妃になる方が、私のために時間を作り説得をし、駄目ならば謝罪もすると言っているのだ。想像すると血の気が引いてきた。

私の実家は貧乏伯爵家だからお城の舞踏会に参加したこともないし、王族との交流も夏の王太子の誕生日会が初めてで、雲の上の人なのだ。

「そうね。やってもらうからには、それに見合っただけの謝礼も出すわ。ただでやってもらうなんて図々しいことはしないわよ」

茶目っ気たっぷりにウインクをされ、私はドキリとする。

しゃ、謝礼。謝礼って……つまりお給料ということで……簡単に言えばお金よね？　今は稼ぎたくても中々働けない立場で困っていたところに、謝礼。

ぐらりと、私の自制心が傾いた。

「あら？　もしかしてイリーナは何か欲しいものがあるの？」

「えっ。いや、その……」

「宝石？　絵画？　それともドレス？　言うだけならただよ？」

悪魔だ。

これは悪魔の囁きだ。聞いてはいけないと分かっているのに、私の心はグラグラと揺れた。

「あ、あの。そういうのは別に……」

「なら、何かしら？　力になれると思うのだけど」

王太子妃の力。

その権力は計り知れないだろう。不可能も可能にしてしまうのではないだろうか？

「えっと。これは自分で、しなければいけなくて……」

「何をするのかしら？」

「その、実は……ミハエル様の像を作りたいんです。今すぐではないのですが、そのためには自分のお金が必要で」

私は吐いた。

エミリアのぐいぐいとくる圧に負けた。これがミハエルのことで秘匿すべき内容ならばどんな拷問を受けても黙っていられるが、これはそうではない。

「もっと詳しく聞かせてくれる？」

「はい、よろこんで」

少々勢いが良く、貴族らしからぬ態度だったかもしれないが、私は全力で語った。ミハエルの像をどのようにしたいかの未来展望を。

「ミハエルが功績を得た暁には、実物大のミハエル像をバーリン領に飾り、観光名所としたいのです。何なら私がミハエル様の素晴らしさを演説してもいいです。むしろさせて欲しい」

「本当にイリーナはミハエルのことが好きなのね」

「好きだけでは足りないぐらいです」

なんと言っても信仰していますので。

いや、信仰しているのはミハエル様の方なので、ちょっと違うか。

「それほどなのね。イリーナはいつからミハエルを愛していたの？」

「あ、愛っ?!　いや、その、私が八歳の時に、バーリン領で毎年行われる雪祭りの舞台で踊っている姿を見たのですが……たぶんその時から」

愛していたというか、信仰してしまったが、一目惚れだったのは間違いない。

「でもあのミハエルを見て一目惚れしない女性なんて絶対いません。舞台に立つ悪戯好きの精霊は少年だからこそ持ち得る中性的な透き通るような美しさを持っていて、まさに雪の精霊そのものだったんです。それにミハエルはとても自由で、楽しそうで、私にはとても眩しい、天上の人でした」

好きにならないはずがない。

「そんなに昔からなのね。十年経っても気持ちは変わらなかったのね」

「変わるわけがありません。だってミハエル様ですよ？　精霊は中性的な姿からやがて男神のような美しい男性に成長しました。まさに神が手掛けた芸術作品――」

私は思う存分ミハエルを語った。若干使用人達の目が死んでいっているような気がしたけれど、エミリアはニコニコと聞いて下さった。

なんていい人だろう。

そして聞き上手なエミリアは相槌を打ちつつ、色々聞いてくれた。私の持つすべてのミハエル様情報を開示できるこの瞬間を待っていた。私はこの時のために生きている。

ミハエル様について語れば語るほど脳内が多幸感に包まれた。

「――なら、明日は女性用武官の制服を合わせてもらって、その三日後から指導をよろしくね」

「はい、よろこんで」

あれ？

女性武官の制服？　え？

私は気が付けば、先ほどと同じ言葉を、笑顔全開で叫んでいた。

やってしまった。

なぜ、私はエミリアからの女性武官に対する指導依頼をいい笑顔で引き受けてしまったのか。

一生懸命一度持ち帰ってという話をしていたはずなのに。

それでも引き受けてしまったものは仕方がない。翌日も王宮に赴き、私は女性武官用に考案された服のサイズ合わせをした。男性武官と同じものかと思ったが、用意されたものはズボンではなく臙脂色のスカートだった。持ち上げて走る必要のない長さで、その下に長い靴下を履くので戦っても素足は見えない仕様だ。

正直、戦うならばズボンの方がやりやすいが、女性はスカートを穿くものだという常識が強い。男性に交ざり、私兵団の訓練を受けた経験がないと抵抗感があるだろうし、周りの目だってある。だとすればこの恰好が丁度いい落としどころなのだろう。

ジャケットは水色。まだ所属部署がなく、お試しの女性武官なので、どの部署も使っていないこの淡い色らしい。全体的に男性ものよりも華奢な造りで、とりあえず着られればよしな実家の私兵団とは違う。

王女との茶会からまだ四日。それなのにもう女性武官の候補を集め終わっているというのは、最初から絶対巻き込むという意思を感じる。そうでなければ、少しだけ手を加えたらサイズの合う制服があるはずがない。

「イリーナ様、大丈夫ですか？」

「ええ。付き添ってもらってしまってごめんね」

「次期公爵夫人を一人で王宮に送る方が問題です。私が付き添うのは、イリーナ様にとって当然の権利です」

私の場合は、未来の王太子妃からの依頼で指導員として王宮に来ている。雇用された女性武官候補とは少し立ち位置が違う。となれば、傍仕え（そばづか）が一緒なのは当然だというのが公爵家の使用人全員の意見だった。むしろ護衛が必要だとも言われたが、待って欲しい。

護衛任務の護衛ってなんだという話だ。そのため流石（さすが）にそれは断った。

それでもこんな話を次期公爵夫人に持ってくるのが間違っていると使用人が皆憤慨していたのが気になる。

もしもこのせいで王家と公爵家の仲が悪くなったらと思うと胃がキリキリしてきた。普通ならエミリアも次期公爵夫人に依頼なんてしないと思うのだ。ただ夏の時に男のふりをして護衛をして、水の神形（みかたち）の討伐までしたから、私なら問題ないと思ってしまったのだろう。

ため息をつきたい状況だが、実際につけば優しいオリガが気にするので我慢だ。こうなったら、公爵家の使用人を巻き込んでこの状況を皆で楽しんだらどうだろう。

次期公爵夫人がやるようなことではないと言うが、私は雪かきも楽しくやってしまうような女で、それを皆知って黙っていてくれている。だからこれも私が楽しんでいると皆が納得してくれれば、しょうがないなぁという意見に傾き、公爵に伝わるのも多少はマシになる気がする。エミリアも求められればちゃんと説明も謝罪もすると言ってくれたのだ。

大丈夫、大丈夫。

そう自分に言い聞かせオリガと共に離宮に入った。ここは夏に王太子の誕生会が開かれた場所だ。今日はこの離宮の大広間で行われることになっている。

馬車で直接乗り付けた私達は、着替えのために用意された休憩室に共に入った。内鍵のない部屋なので、オリガはここで荷物番だ。

「では部屋を暖めて帰りをお待ちしております」

「ええ。よろしくね」

薪などの必要なものはあらかじめ用意されているので、部屋を整えるのを任せて一人で大広間へ向かう。本来ならば暖炉に火を入れるのは王女側の使用人の仕事ではと思ったが、オリガも私が仕事を命じられた件を快く思っていないようなので、口に出すことは止めておく。

それにしても私への依頼の時期などを考えても、今回の話は根回し不足を感じる。

雪ばかりの外を眺めながら、すっきりしない気持ちで廊下を歩く。掃除は行き届いているので、使用人は沢山いると思うのだけれど……色々足りていない感は、試行錯誤で動いているからだろうか？

　大広間の扉は開けられており、中には既に私と同じ制服を着た女性がいた。中にいる人数は七人。平民なのかそれとも貴族のご令嬢なのかは分からないが、王女の護衛なので貴族からの推薦がなければここにはいないだろう。

　誰か一人ぐらい知っている顔はいないだろうか。そう思いながら遠目から見ていたのだが、参加者の中に銀髪を見つけた瞬間、私の視線はそこから離れられなくなった。

　銀髪をポニーテールにした女性は、周りより長身だが不自然な点はない。

　たぶん気になったのは髪色がミハエルと同じだからだろう。でもミハエルの髪色の方がもっと美しく艶やかだ。ミハエルの髪は女性ほど手入れしていないのに、まるで絹糸のような光沢がある。そんなミハエルと同じ色を纏えるなんて羨ましい――じゃなくて、とにかくミハエルによく似た色を持っているだけなのに、なぜかその人物から目が離せない。

　色が似ているだけで、何がこんなに私を引き付けるのだろうと思っていた時、その女性がくるりと振り返り私を見た。そして青空色の瞳に私を映した瞬間、彼女は驚愕といった表情をし、目を大きく見開いた。たぶん私も同じ表情になっているだろう。

「ミッ――」

　名前を呼びかけて、寸前で堪える。

いやいやいや。よく考えろ。私。

どれだけ制服姿が似合っていても男性であるミハエルが女性武官候補のはずがない。ならば考えられるのは、そっくりさんか、何らかの理由により潜入中ということだ。そして先ほどの表情からしてそっくりさんではないならば後者となり、ここでミハエルの名を呼べば迷惑以外の何物でもないということだ。

ミハエルを支えるために結婚したのに足など死んでも引っ張れない。どう反応するのがいいのか。私は内心パニック状態で立ち止まった。

今のミハエル様は、化粧が施され、美しい。まさに美の女神だ。誰も男だなんて気が付かないだろう。いや、女性でも恋をしてしまうかもしれない凛々しさがある。

えっ。どうしよう。なぜここにカメラがないの——じゃない。そうじゃない、私。しっかりしろ。

ミハエルも驚いていたはずなのに、気が付けば美しく微笑んでいた。美しすぎてドキドキする。その笑みに見惚れていると、ミハエルの方から私の方に近づいてきた。気が付いた時には挨拶をしなければおかしい距離だ。

「久しぶりね」

逃がさないとばかりに、ミハエルは両手で握手するように私の手を握りしめた。手を見れば分かる。とても美しく、スカートも似合っているけれど、男だ。わずかにあったそっくりさんの可能性は打ち砕かれた。

「ええ……久しぶり……です」

普通に話さなければ周りが気にすると分かっているのに、声が震える。

ミハエル様は美しいと讃美歌が頭を流れていたのでうっかりと忘れていたが、私はミハエルに相談することなく女性武官候補が集まる会場にいるのだ。これは間違いなく怒られ案件だ。

「貴方も女性武官候補としてここに来たの？」

来てしまいました。

素直にそう言っていいものか分からず、私は引きつった笑みを浮かべた。

一体どうして、彼女がここにいるんだ?!
女性武官候補が集められた大広間で、彼女達と同じ制服姿で交じっていた俺は、新しく入ってきた人物を見て叫びそうになった。亜麻色の髪をいつも通り三つ編みのおさげにしたイーシャが水色の女性武官の制服を着ていたのだから。しっかりと鍛えているため姿勢がいい彼女

は、本来着るはずのない服なのに、誰よりも似合っていた。

俺を見た瞬間、灰色の宝石のような目をこぼれんばかりに大きく見開いた彼女の表情からして、そっくりさんではない。そもそも俺が彼女を見誤るわけがない。

ただ、どうしてここにいるのか分からないと同時に、自分の姿を思い出してずんっと気分が沈んだ。久しぶりに、最愛の妻に会えたのに、どうして俺は女装をしているのだろう。神はいないのか。タイミングが悪いにもほどがある。

現在化粧を施し女性武官の制服を着ている俺だが、数時間前に王都に戻ってきた時はちゃんと男の姿をしていたのだ。たった数時間。そう数時間再会がずれたことによりこんな地獄になっている。

俺はこんな状況を作った原因である王子を思い出しギリッと奥歯を噛みしめ、心の中で罵る。

そもそもの始まりは氷の神形の退治のための臨時討伐武官の募集をかけるという話を聞き、色々確認と意見を言うために、王都まで一人戻ってきたところからだ。雪で移動も大変だが、内容が内容だったので後回しにするわけにいかなかった。

「やあ、ミハエル。遠征ご苦労様」

王宮についてすぐに王子に面会依頼を出せば、そのまま部屋に来るようにと返事が来た。そのため屋敷に帰らず、俺は武官の更衣室で予備の制服に着替えただけで王子の部屋に向かった。

「面会依頼をお受けいただきありがとうございます」

「まどろっこしい挨拶はいいよ。わざわざ帰ってきたということは急ぎで伝えないといけないことがあったのだろう？」

　遠征先から馬を走らせてきた俺はくたびれているが、王子はさらさらに手入れされた金髪を結ぶこともなく下ろしている。きっと優雅に過ごしていたに違いない。すぐに面会に応じてくれたのはありがたいけれど、少し腹が立つ。

　俺は公式用の顔で接したが、王子は俺と同色の青色の瞳を細め、幼馴染(おさななじみ)の顔で薄い唇をにやりと上げた。

「あの臨時の討伐武官の募集をかけて氷の神形の討伐をさせるという計画は一体何処(どこ)から出てきた話なんですか？　絶対止めて下さい」

「ああ。その件か」

　俺が目を半眼にさせて伝えれば、王子は苦笑した。

「あれは王の意見を聞いた文官がひな形を作ったもののはずだよ。今年の冬の気象は異常すぎる。それで父上は十六年前にも同じような冬を経験したと言い、憂(うれ)えていらっしゃるんだ」

「十六年前の話は聞いたけど、でもこれはない。現場を混乱させるだけです」

「そこまで言われるほど悪い手かい？　春の討伐は人海戦術で上手(うま)くいっているんだから、氷の神形は王都だけではなく範囲が広がるけれど、人手はあるに越したことはないだろう？」

　王子はキョトンとした顔で言ったが、俺は首を横に振った。

確かに人手があった方が討伐は楽になるイメージは強いし、そういう面もある。でもそれは外から見ただけの意見で、現場の意見ではない。

「春の水の神形の討伐と冬の氷の神形の討伐はまず性質が違います。春の水の神形は大きくなる前の神形を個人で討伐するものです。逆に冬の氷の神形の討伐は大きく育ってしまったものを、集団で討伐します。場所も街中ではなく、雪山が多い。統率も取れない素人を交ぜたら二次災害が起こります」

「山に詳しくても駄目かい？」

俺は首を再び横に振った。

「雪山はそれぞれの山で危険な場所が違います。俺ら討伐部でも、一度は登ったことがある者を交ぜます。たとえ先導者が農民だとしても、俺らは雪山ではその言葉に従うように訓練しているし、もしもの時をいくつも想定しています。登る山に詳しくないなら、ただのお荷物です」

身体能力が高いだけの人材ならばいるだろう。

その人材を活かしたいというのも分かるが信頼のまったくない者を、一人の身勝手な動きで全員の命を危険にさらす雪山の氷の神形の討伐に参加させたくない。

「なるほどね」

「それに予算は？　氷の神形が酷い地域は、王都から離れた場所です。そこまで人を連れて行くならば、それだけの食料も必要です。春とは違い、冬に現地で食料を手に入れられるはずがありません。春以上の人件費になるでしょう」

「あー。そういえば春のままの予算で考えられていたな」

「むしろお金をかけるなら、物資の支払いで、現地の農民を戦力にできないか考えた方がいいと思います。彼らは自分の生活がかかっていますし、土地勘もありますから」

そもそも王都で集めて各地に散らばせたら二度手間だ。移動もこの雪ではままならない。

「農民が戦えるのか？」

「剣は使えないかもしれませんが、狩猟で猟銃は使えるし、斧（おの）を振り回してもらっても、神形を倒すには何ら問題はないです。それに氷龍（アイスドラゴン）は倒したことがなくても、農地で出た神形は自分達で駆除をしているはずですから」

王宮にいたのでは決して知ることもない話だろうが、今後彼に采配（さいはい）を振ってもらうためには、ある程度は現場を知ってもらいたい。

「もしも王都からの派遣を増やしたいなら、せめて訓練を受けている他部署の武官を回して下さい。武官は新人の時に神形退治について、最低限は学ぶし、指示に従えますから」

討伐部所属に比べれば慣れていないので、即戦力にはならないだろう。それでも必要時に命令を聞けるかどうかはとても重要だ。王が期間限定で討伐部の指示系統の下に付けと命令されれば、それぞれ思うことはあっても、命令違反などという愚かな真似はしない。

「なるほど。分かった。その件は俺から父上に伝えておくよ」

「よろしくお願いします。俺としては文官なら、武官の仕事に口出しせず、自分達の仕事をしっかりしろと文句も言いたいところですけど。今年の税収は確実に下がるだろうし、収穫量が下がることによって物価が上がる。国の備蓄庫をどこまで開放するのかや、北部への支援、南部に対しての穀類の輸出制限とか、考えることが沢山あるのではないでしょうか？　特に北部で餓死者が増えた場合、来年も討伐が厳しくなるのですから」

大方、机の上だけですべてを分かったつもりになっている文官が口出しをしているのだろう。結果だけを見て、神形の出現を制御できない武官は能力が低いと言っているかもしれない。口出しした結果国を救えれば武官には貸しができるし、文官の中でもより強い発言権を得られる。失敗しても武官が悪いとなる。

自分では何もせず口を出すだけだから、質が悪い。いや、ついてこられても邪魔だけれど。

「そう言ってやるな。父上が相談したのがそもそもの発端だろう。それに父上は何処かの領地で氷龍の群れが出現したのではないかと考えていらっしゃる。十六年前はカラエフ領で大量出現が起こり大規模な災害となったからな」

「ああ……」

氷龍の出現はあちらこちらで確認されている。何処かの領地が討伐に失敗し、群れにしている可能性は高い。

怖いのは、これを隠そうとする可能性があることだ。

氷龍の討伐だけは、領主に課せられた義務だ。発見次第早急に討伐するようになっている。それを怠れば、氷龍は群れとなり、人は住めなくなるからだ。

ただし討伐義務はあっても、出現の報告義務は設けていない。そのため群れを作ってしまった罪を隠そうと、自領だけでなんとかしようと動く可能性がある。しかし群れになった氷龍はそう簡単に退治できないので、失敗する可能性が極めて高い。

そして深刻な状況でようやく武官に討伐の要請が来るが、その頃にはそこに行くだけでも容易くはなくなり、被害はどんどん広がる。

「……そういえば、カラエフ領の時は当時の領主が氷龍の討伐で命を落とされたそうだけど、家の取り潰しはしませんでしたよね？　……その件を派遣された武官から伝えていけば、隠すのを未然に防げるか？」

討伐に失敗したのは罪でも、そもそも氷龍が出現するのは自然の摂理なので罪ではない。だから無理だと思えば、早めに報告する方が得だと知っていれば、無理に隠して自分達だけで何とかしようと思わなくなるかもしれない。

「それで少しでもやりやすくなるのならば、任せるよ。王家としては、罪に問いたいのではなく、氷龍を討伐し、一刻も早くいつもの冬に戻したいというだけだからね。ただやっぱり武官が足りていないのは気になるな。臨時の討伐専門武官を雇って氷の神形の討伐に参加させるのは悪手なのは十分分かったけど」

　また臨時討伐専門武官の話に戻そうとしているのかとギロリと睨めば、王子は分かったと言い肩をすくめた。

「そういえば、俺の婚約者が面白いことを始めようとしているんだ。彼女は女性武官を導入したいらしい」

「は？」

　人手が足りていないという話から突然の女性武官の話に変わり俺は目を瞬かせた。

　女性武官？

　名前からして女性の武官ということなのだろうけれど、今までになかった職業のせいで、それによりどうなるのかさっぱり読めない。

「……あの王女の母国ではそういう職種があるのですか？」

「あるみたいだね。そして今彼女の周りにいる傍仕えの一部が、向こうの女性武官らしいよ。彼女としては、この国でもそういった役職に戻してあげたいそうだ。それに女性同士の方が、都合がいい場合もあるとは言っていたね」

「都合？」

「着替えとか入浴中の警護とかだろうね。この国では傍仕えがもしもの時には盾になるけれど、分業した方がいいとね」

……確かに、どちらの場合も男である限り距離をとっての警護となる。

しかし時と場合によっては、近くにいて欲しいこともあるだろうし、それが専門の者の方が心強いのも心情的に理解はできた。王女の国ではいたのなら、なおさらそう思うのだろう。

「ミハエルは女性武官の試験的採用についてどう思う？　女性武官がいれば、武官の数は増えるわけだけど」

常識だけで判断すれば、女性の武官などあり得ない。この国の男にとって女性は守るものだ。少し前の俺だったら、その常識にのっとって答えを出しただろう。組織的な仕事をする上では、誰もが納得しやすい案を出した方が通りやすい。でもイーシャと過ごして一年。女性は大切に宝物のように宝箱に隠して守られるのが幸せとは限らないと気が付いた。

「納得させやすいのは限定的採用じゃないですか？　すべての部署に配置するというのは現状では反発が大きすぎてまとまらなくなるでしょうし。それにいきなり女性武官とするより、武官補佐から始めるとかがいいかもしれないですね」

男性だけで構成された社会に入れられた場合、女性は異物だ。その女性が自分の立場を脅かすと思えば、少数派になるだろう相手を追い出そうとするだろう。

それどころか、少数派であることが劣っていることと勝手な判断をし、争いで興奮した男が相手の尊厳を傷つけることも考えられる。

だから最初から中に入れるのではなく住み分けをして女性武官が劣っていないし、むしろ有用だと理解させるところから始めるなどゆっくりと進めた方がいいとは思う。

「武官補佐って何だっけ?」

「武官補佐は武官の試験に受からなかったけれど、武官の推薦で働く雇用形態です。見習いのような扱いで給金は武官より安くなりますが、年齢制限もないですし、帯刀も武官が保証することで許されます。ここに性別の制限もなくせば女性も務められます。ただし武官は危険な仕事なので、武官補佐から武官になれる道が見えなければ、成り手は出てこないでしょうね」

武官と同等の危険で大変な仕事を求められるが給料は武官より低い。違いは試験に受かったかどうかなので、試験をそもそも受けられないとなれば、別の仕事を探すはずだ。

「ナルホドね。でも意外だな。ミハエルは賛成派なんだ」

「……どれだけ鍛えても、鍛えた男と鍛えた女では男の方が力は強い。でもだから適性がないわけではないし、鍛えてない男は鍛えた女性には負けます。王女の護衛で欲しいというのなら、やってもないのに反対はしなくてもいいと思いますが?」

イーシャは、意表をついたとはいえ、武官を回し蹴りで昏倒させていた。つまりやり方次第で、十分な戦力になるのだ。

守られたい女性はこれまで通り男が守ればいいと思う。でもそうでないのならば、共に戦うという選択肢があってもいいと思う。

「俺も頭ごなしに否定する気はないよ。婚約者とは国のためにもより良い関係を築かないといけないからね。でもただこちらが譲るというのも違う。彼女の国では合っていても、この国で合うとは限らないしね」

王子はそう言って肩をすくめる。少しだけ疲れた顔をしたが、すぐにニコリと笑みを浮かべた。

この笑みは要注意だ。人によっては親しみを覚える笑みらしいが、俺からすると、厄介事を力の限りぶつけてくる、性格の悪い笑みに見える。

「だからさ、実際のところ運用可能か見てきてよ」

「……こういう時は自分の側近を使えと俺は何度も言っているよな？　俺は幼馴染ではあるけど側近じゃない。ここにいるのは期間限定だ」

俺は敬語を取り払い、幼馴染として、王子をジッと見据えた。

公爵を継ぐための勉強を優先しろと父が命令したら、俺は武官を辞めて次期公爵として必要な行動をとる。状況によっては王家と距離をとることもあり得るのだ。

仲良くする分にはいい。利用するのも王太子としては当然だ。だけどいくら使い勝手が良くても、俺を手足のような役割で使いすぎるなと散々言ったのに、またかとも思う。

「分かっているよ。でも武官として役立つかどうかを見極めるなら、ミハエルの目で見た方が公平だと思うんだ。一応は信頼できる側近を育てたけれど、彼らは女性武官に対してあまり快く思っていないからね」

つまり、調べてないのに意味がない的な報告を上げてきそうなのだろう。それは信頼できる側近ではないだろうと思うが、内容が内容だ。公平に見られない武官の方が多いのは分かる。

「それでね、余計な緊張感を出さないように、女装して潜入して欲しいんだ」

「断る」

困っているのは分かったからと少し同情しかけたが、続いて出てきた単語を聞いた瞬間、俺はすぐさま断った。ふざけるな。

「何でだよー。ミハエル、君なら、素敵な女性になれるはずだ。絶対似合う」

「そんなことを言われて、嬉しいと思えるような頭はしていない」

やるなら当然完璧を目指す。見苦しい女装などするはずがない。でも女装しろと命令されて、嬉々としてやるような趣味は持ち合わせていない。

「なら、そうだなぁ。この潜入中は、毎日家に帰っていいよ」

毎日、家に帰れる。その単語に、ぐらりと俺の心は揺れた。俺の生活を潤すイーシャ成分は枯渇中だ。一年前は会えないのが普通だったなんて考えられないぐらい、絶対的必要量は増えている。

「新妻を一人にしておいていいのかな？　今頃きっと寂しがっているよね……」

「うぐっ。そう思うなら、初めから新婚者を遠征に行かせないで下さい」

「流石に理由もなく贔屓はできないよ。この異常気象で王も心を痛めて、文官に相談してしまうぐらいだからね」

ああ、そうだ。

ここまで酷くなければ、俺は立場的に日帰りできない長丁場な遠征は免除されただろう。しかし今は人を遊ばせておく余裕などない。氷龍の討伐経験がある者は強制参加だ。

「でもこの仕事を引き受けてくれるなら、王太子の我儘に付き合ってもらっていると伝えるよ」

俺が王太子から厄介な仕事を回されるのは、武官なら皆が知っている。そして王太子からの命令ならば遠征に行けないことを、納得させられる理由となる。

「……今人員を奪ったら、王子の立場が悪くなりますよ？」

「多少は仕方がないさ。俺に悪評がついたとしても、この婚約はこの国のためで、彼女にはこの国に馴染んでもらいたい。国内での結婚でも嫁入りするのは大変だ。国を跨ぐならば、それ以上だろう？　この国に合わせろというのは簡単だけど、俺は今後を見据えて、落としどころを見極めたい」

そう。嫁ぐということは違う世界に飛び込むということだ。

そしてそれはイーシャも感じているはずで、結婚前に必死に勉強をしてくれたし、結婚後も努力をしてくれている。その健気な姿を思うと、今すぐにでも抱きしめてあげたくなった。

「……分かりました」

女装で……と思うとため息しか出ない。それでも俺のプライドよりもイーシャの方が大切だ。

「ありがとうミハエル。君ならそう言ってくれると信じていたよ」

にこにこと笑い、王子は俺の両手を握った。そして、使用人に対して、道具と衣裳(いしょう)を持って来いと命令する。

……まさか。

「実は、今日、女性武官候補達の顔合わせがあるんだ」

「これを見越して呼び寄せるようなふざけた計画を伝えてきたのか?!」

「やだなぁ。それは本当に偶然だよ。ミハエルに潜入をお願いしようと思って衣裳を用意していたけれど、ミハエルが遠征に行っちゃっていたから捕まらなくてね。流石に呼び戻すのはなと思っていたんだ。間に合ってよかったよ」

なんということだ。神はいなかったのか。

俺は自分の運の悪さに泣いた。

そして俺はそこでイーシャと運命の再会をすることになったのだった。

なぜ、どうして、ここにミハエルがいるのか。

女装しているミハエルはかつらをかぶっているのだろう。艶やかな銀髪をポニーテールにしていた。姿はディアーナに似て凛（りん）として美しく、背丈があるのでとにかく目立つ。でも背丈があっても男らしいという感じではなく、化粧で中性的な雰囲気となり、まるで女神のような外見だ。喉ぼとけはハイネックで隠され、胸はちゃんと夢が詰められ――違った。詰め物が詰められているようで、女性らしい美しい体型になっている。ああ、誰かにこの衝撃を伝えたい!!

でも、落ち着きなさい、イリーナ。今騒いだら迷惑よ。

性別を偽っているので、ミハエルは潜入調査中……だと思う。でも潜入捜査とはこんなに派手で良かったのだろうか。あまりに美しすぎるので、脳に焼き付く勢いだ。

……過去にノリノリで女装をしていたことがあるので趣味の可能性がないとは言い切れないが、それでも無意味に新設の女性武官候補として紛（まぎ）れ込むことは流石にしないと思う。人を驚かせることが好きなミハエルでも、倫理観はちゃんとあるし、男色家でもない。

潜入調査であると仮定するならば、私は足を引っ張らないようにしなければ。

「わ、私は、女性武官になるためではなく、指導者として協力を要請されまして……」

「へぇ」

にっこり笑っているけれど、なぜそんなことになっているのだという圧を感じるのは、被害妄想だろうか？

「そんなに緊張しないで、普通に話してちょうだい？　もしかして久しぶりだから私のことを忘れてしまったかしら？　私はディアーナよ」

「わ、私は、イリーナです」

「もちろん知っているわ」

口元に手を当てクスクスと笑うミハエルは本物の女性のようだ。ただ声を高くするだけなら男性でも比較的簡単にできるが、女性らしいしぐさを自然に使うのは難しいのに流石だ。

ミハエルの妹のディアーナを知らなければ、本物と勘違いしてしまっただろう。……いや、待って。私がミハエル様を見誤るはずがないので、やっぱり気が付けたはず。うん。ミハエル教信者として、見誤るなんて許されない冒涜だ。

「ディアーナはなぜここに？　女性武官になられるのですか？」

「王太子殿下のご紹介で断れなくて……」

なるほど。

王太子はエミリアの婚約者のはずだ。つまり、王太子殿下の目としてここにいるのだろう。

「イリーナも王太子殿下からの推薦かしら？」

「い、いえ。エミリア王女からお話をいただきました。その話していたら、気づいた時には請け負ってしまっていて」

気を付けて返事をしていたはずなのに。どうしてこうなったのか。

そんな話をしていると、メイド服を着た女性が現れた。

「エミリア王女のご入室です」

その言葉に部屋は静まり返える。そして全員膝を曲げ、軽く頭を下げた。

コツリ、コツリとヒールと重めのブーツによる足音がする。この宮殿は、舞踏会を予定して作られたものなので土足で入れるようになっている。

「顔を上げて下さい」

最初に喋った傍仕えが再び顔を上げる許可を出したので、私達は前を向いた。王女の後ろには傍仕え以外に、女性武官の制服を着た女性が三人立っている。エミリアを守るようにキリッとした表情で立つ女性武官候補はエミリアの同郷の者だろう。全員背丈が高く、ヒールを履いた王女より頭の位置が高い。

最初に入室した傍仕えは言葉に苦労している様子がないので、この国で新たに雇われた者だろうか？

エミリアの周りにいるのは三人の女性武官候補と傍仕えだけで、本来護衛任務をしているはずの男性武官の姿はない。もしかしてあの三人は既に女性武官として採用されたのだろうかと思ったが、帯刀をしていないのでたぶん違う。

女性武官候補者はあくまで候補なので、まだ帯刀が認められていないのだ。

「エミリア王女からのお言葉です」

「皆様、今日はお集まり下さりありがとうございます。この女性武官は、女性の選択肢を広げるものです。私の母国には『女性騎士』という職業がありました。女性が戦えないというのは、男性の思い込みです。すべての男性が戦えるわけではないのと同じようにすべての女性が戦えないと思っているのは、彼らの傲慢です」

最初から、きわどい言葉が出ているため自分が喋っているわけではないのに冷汗が出る。

武官は男性の職場だ。言っていることは分かるし、この場に男はいないので女性をまとめる上で仮想敵とするのはいいかもしれないけれど、でも協力する仲間でもあるのだと思うと不安になる。私自身はカラエフ領で男に交じって訓練や討伐をしていたからかもしれない。

「女性武官は、まだ試験段階です。私達は有用であると殿方に示さなければなりません。そんな中、私はこの国で最高の出会いをしました。イリーナ、前に来て下さるかしら」

ひぃっ。

周りの目が一斉に自分に向いた瞬間、心の中で絶叫した。

エミリアからの直々のお声がけだ。私を値踏みする視線に少し怯んだが、次期公爵夫人としてこの場にはいるのだと思い、背筋を伸ばして移動する。

「彼女は次期バーリン公爵の妻です。しかしイリーナは守られるだけの女性ではございません。カラエフ領出身の彼女は戦う術を持つ強い女性です。本来ならば彼女は労働する立場ではございません。しかし眠らせておくには勿体ない類まれなる才能なため、私からのお願いで指導者として参加してもらうことになりました。イリーナ、自己紹介をして下さるかしら？」

「かしこまりました」

心臓がバクバクいっている。

正直、こんな大勢の前で話すのは慣れていないのだ。それでもお腹に力を入れ、俯かないようにだけ気を付ける。

「ご紹介に与りました、イリーナ・イヴァノヴナ・バーリンです。武官としての訓練は受けたことがありませんが、出身地であるカラエフ領では私兵団と一緒に訓練をし、氷の神形の討伐に参加しておりました。指導者としての経験もないのでご心配だとは思いますが、私にできることに全力を尽くさせていただきます」

私の言葉に、エミリアが拍手すると、女性武官候補者達も拍手した。

「イリーナは私の母国の言葉にも多少の心得があります。そのため、意思疎通の不安な時に間に入ってもらう役目もお願いしております。くれぐれも、よろしくお願いしますね」

……これは、釘刺しかな？

私の年齢は、成人したばかりで若い。

次期公爵の嫁なので階級は高いが、指導経験もないとなると命令を聞いてもらえない可能性もある。ここにいるのは訓練された武官ではないのだ。

そのため、王女の命令だという部分を強調して、できるだけ私がやりやすいようにしてくれたのだろう。

エミリアの言葉に皆、かしこまりましたと恭順の意を示す。

「女性武官には私の警護をしてもらおうと考えていますが、場合によっては国のために戦ったり、神形の討伐をしたりすることもあるでしょう。女性武官はこの国では初の試みです。偏見を消すためにも、優秀さと有用さを示していかなければなりません」

女性武官に偏見の目が向けられるのは想像に難くない。それを消すためには行動で示すのが早いのも分かる。しかしエミリアの言葉は少々欲張りすぎではないだろうか？

「イリーナ」

「は、はい」

困惑したのが顔に出てしまったらしく、すかさず王女に名前を呼ばれ、私はピシッと背筋を伸ばした。

「女性武官は初の試みです。私の母国には『女性騎士』がいましたが、私自身は騎士ではないし、この国の常識にも疎いわ。女性武官がこの国で認められるためにも、様々な意見が欲しいの。私達は無から作り上げようとしているところだから。皆様もこの場では不敬とはしませんので、忌憚ない意見をいただきたいわ」

エミリアはにこりと優し気に微笑んでいるが、地位の高いイリーナからまずは発言しなさいという圧を感じる。

「では、僭越ながら発言させていただきます。エミリア王女の先ほどの演説で様々な分野での女性の活躍を求めていると感じました。しかしながら、護衛業務と討伐業務は求められる能力が違うと思います。私は実家の領地で氷の神形の討伐に参加していましたので、討伐業務の方が詳しいのですが、まず討伐業務で求められる知識は神形の種類に合わせた武器の使い分け、そして場合によっては野営や雪山登山もできるようになる必要があります」

　私は自分がカラエフ領で学んだことを挙げていく。

「そして護衛の場合は、周囲に気を配りつつ、どのような襲撃があるかを考察し、守ることを優先した戦い方と情報収集が必要となります。守る戦いは、国のための戦いとともまた変わってくるかと思います。武器は場合によってはその場にあるものを武器にする必要がありますし、訪れる場所を事前に調べ、戦うよりもどう逃げるかを検討することになるかと思います」

　すべてに通じるところはあるけれど、それぞれ求められているものは違う。

「もちろんすべてができれば素晴らしいと思います。でもまずは護衛ができるような訓練をし、認められてから男性武官が基礎として学んでいることの教えを乞うのがよろしいのではないでしょうか？」

　男性も突然女性が交ざると混乱も大きいだろう。そのためあれもこれもと焦らず、まずは王女の護衛業務を学ぶべきだ。

そんな話をしていると、視界の端に凄く訝し気な目で私を見ているミハエルが見えた。……これは後で質問攻めにあいそうだ。

「ありがとう、イリーナ。イリーナの意見に対してでも、私の意見に対してでもいいわ。何か意見はないかしら？」

王女の言葉に、焦げ茶色の髪の女性がゆっくりと手を上げた。

「名前を言った後に発言をして下さる？」

「は、はい。カチェリーナ・アガフォーノヴナ・ベロフです。私は神形の討伐経験があることからお誘いをいただきました。ここにいる者はおそらく討伐経験の有無で集められたのではないでしょうか？　だとすると、討伐に関してはさほど問題なくできるかと思います」

討伐経験があり、討伐に自信があるという様子だ。なるほど。私兵団でも女性登用は少ないので、国中で武芸の経験がある女性を招集するとなると討伐の参加になるのかと納得する。そして私兵団で登用されている女性は、わざわざ武官になるために王都まで来ない。既に受け入れられている場所の方が何かとやりやすいのだから。

「討伐経験とはどの程度でしょうか？」

「ど、どの程度とは？」

「王都には、春に臨時討伐専門武官の募集がかかります。この催しに参加する程度なのか、毎回私兵団として神形の討伐に加わるかで違うと思います。どちらも鍛える部分はさほど変わりないですが、臨時と私兵団は違います。なぜならば臨時はあくまで臨時なので、統率などがいりません。個別で能力が高い方が重要でしょう。逆に私兵団や武官は統率が重要で、神形を退治するために雪山に登るならば、命令を正確に守る訓練が必要となります」

時には自己判断は必要だし、頭で考えるということは大事だけど、反射的に命令に従った方がいい場面もある。撤退命令が出た時に、自分なら大丈夫と討伐を止めないと、周りを巻き込む人災を起こす。

武官で求められているのは一強ではなく、基準を満たす大勢が指令に対しての手足となることだ。もちろん、力が強いことは悪いことではないけれど。

「イリーナは私兵団に交ざっていたのかしら？」

「はい。冬限定ではありますが、訓練にも討伐にも交ざっていました。元々私に一番求められていたのが氷龍の討伐の人員でしたので、訓練参加は必須でした」

なぜ討伐に参加するのかは、カラエフ伯爵の血族がちゃんと前線に立っていることを周りに見せるためだった。運動神経のない父は無理だし、剣を握ったこともない母や幼い弟より、私が動いた方が都合よかった。

「貴方達はどう？」

「……私は住宅地や畑に出現した氷の神形を討伐していた程度です」

悔しそうに言われたけれど、それが普通なのだ。武官に女性がこれまでいなかったのと同様に私兵団に交ざる女性はそれなりの理由がある。

「これは決して、参加していないから能力が低いと言っているわけではありません。ただ武官の仕事としての神形討伐は、訓練を積んだ上に成り立っているので、討伐をしたことがあるからできるというのは違うと思うのです。そしてまずは護衛として成り立つだけの訓練と知識を身に付けるのが大切かと思います」

それができた上で、どうしてもの時に応援を他部署から求められ、彼らに従う形になるのではないだろうか？

「発言。いいデスカ？」

少しなまりのある言葉遣いで、エミリアと一緒に入ってきた女性武官候補の一人が手を上げた。明るい金色の髪に青い瞳の女性だ。美人だが前髪を両サイドに分けて後ろ髪はしっかりとまとめており女性というよりも男性に近い空気を持っている。

「私はアンネ・ノイマン。『護衛騎士』……えっと、女性武官のような仕事をずっとしてマス。イリーナの気持ち分かりマス。ただ、私は実力が知りたいデス。イリーナだけじゃなく、全員」

どう伝えれば通じるか迷いながらの話し方だった。

エミリアの周りまでは語学が堪能（たんのう）とまではいかないようだ。そもそも、あそこまですらすらと喋れるエミリアが凄いと思う。流石にこの短期間で覚えることは不可能だと思うので、春の時も同じぐらい喋れたのではないだろうか。ただあまり分からない、喋れないとした方が、都合が良かったのと、今の女性のようななまりがあったのではないかと思う。

「そうね。私も今後の計画のために、実力は知りたいわ。私が知っているのは、皆様に女性武官になれるだけの資質があると、領主からの推薦があることだけです。……では、ルールを設けた模擬戦をしましょう」

どうやって人を集めたのかと思ったが、どうやら領主に話を持っていき推薦させるという方法をとっていたらしい。でも全領地から集められたという感じでもないので、王族と懇意にしている、もしくは武官や文官を通してお願いしやすい領主に話を持っていったのかもしれない。

「もちろんイリーナもね」

「私もですか？」

突然のことに私の声は裏返り、パチパチと目を瞬かせた。

ちょっと待て。

俺はとんでもないことを話しだした王女をガン見した。

「でもイリーナは誰と対戦するのがいいかしら……」

なぜイーシャが模擬戦をしなければいけないんだ？

イーシャが教官的な立場でこの場にいることは分かった。色々各方面に話を聞かなければいけないこともあるけれど、ひとまずはこの場を乗り切るため置いておこう。しかしだ。なぜ、模擬戦？

しかも王女と一緒に入ってきた異国の女性武官三人が、王女がイーシャとの模擬戦を口にした瞬間一斉に手を上げるというのはどういうつもりだ？　イーシャは確かに強い。強いけれど、剣で戦っている姿は見たことがない。神形退治ではハンマーを使っていたし、対人の時にはフォークやナイフを飛ばしていたし、体術が得意な様子だ。

異国の三人は『女性騎士』という本職なのだから、当然剣の扱いにも慣れている。そんな相手に剣で模擬戦をするなんて、危険すぎる。

イーシャを見れば頑張って笑みを浮かべているがすっかり血の気が引いた顔をしていた。そんなイーシャと対照的に元『女性騎士』達は生き生きとしている。一体、王女は彼女達に対してどんな説明をしたのか。

エミリアはイーシャが護衛を務められるぐらい強いと知っている。でも武芸にも武官の仕事にもあまり詳しくはなさそうだ。とにかく本職と突然対決なんてさせるわけにはいかない。

「私もイリーナと手合わせしたいです」

俺はすっと右手を上げた。

ギョッとした様子でイーシャが見ている。事前打ち合わせなく、突然夫と戦うことになったら当たり前だ。俺だってイーシャと敵対なんて、模擬戦だとしてもしたくない。

でも俺ならば、怪我をさせないように手加減もできると思う。元『女性騎士』達の実力が分からない限り、イーシャと戦わせるなんて絶対許可できない。

「お名前を言って下さるかしら？」

「失礼しました。ディアーナ・レナートヴナ・メレフと申します」

俺は妹から借りた名前を名乗りながら、女性らしい笑みを心がける。頬の筋肉がつりそうだ。

「私は彼女と知り合いで、常々手合わせ願いたいと考えていました。是非よろしくお願いします」

王女は俺を見て、何処か訝しむような目をした。俺がミハエルであると気が付いたのかもしれない。しかしこの場にいるのならば、王子を通しての推薦。この場で俺のことを咎めたりしないだろう。

「そうね。では、ディアーナとお願いしましょう」

王女は比較的早く許可を出した。なんとか元『女性騎士』とイーシャを戦わせることを回避できて、俺は内心ほっとする。イーシャを再び見れば、恍惚とした目で俺を見た後、はっとした顔をし、蒼白になったり、なるほどという顔をしたりと、百面相となっていた。……イーシャが可愛くて癒される。

本当ならこんな女装して女性武官の会場で再会などせず、家で俺のことを心配していたイーシャと感動の再会をする予定だったのに。それでも数日ぶりのイーシャ成分が染み渡る。

「他の者は隣り合わせの者と模擬戦としましょう。武器は何でもいいと言いたいけれど、この場だけは木刀としましょう。この勝敗で女性武官を辞めさせることはないわ。得意な武器が違うこともあるでしょうから。でも剣を使えるに越したことはないので、今回は木刀にします」

女性武官候補達は帯刀が許されていないため用意されていた木刀を渡される。

木刀は武官も使っている練習用だ。

そういえば王女の周りに、武器を持っている者は誰もいない。護衛はどうしているのか。王女はこの国で挙式を上げるまでは貴賓だ。何かあってからでは遅い。王女が何を言ってもついて来るべきだと思うが……。

とはいえ、他部署の俺が言うと流石に角が立つ。王子にチラリと進言しておく程度しかできない。

「ディアーナ、こちらへ」

名を呼ばれ、俺が前へ出れば、イーシャも同様に進み出て、開けた場所で向かい合った。

「お手柔らかにお願いします」

「こちらこそ」

緊張した面持ちでイーシャが声をかけてきたので、俺は軽く笑う。

ちゃんと手加減をするつもりだから、そんなに緊張しなくてもいいのに。でもどんなことでも全力で挑むイーシャだ。油断はできない。

俺はイーシャに対して基本形の構えをした。

イーシャも一度目を閉じ深呼吸すると、俺に対して構える。先ほどは緊張しているようだったのに、この一瞬で肩の力が抜けていて流石としかいえない。

「はじめ」

傍仕えの女性が合図した瞬間だった。イーシャが弾丸のように俺めがけて跳んできた。凄い瞬発力だし、初手としては珍しい。

それでも真っ直ぐとした軌道なので、剣で弾くのに問題はない。でもこんな勢いよくつっこんできたら、かわされた後すぐに体勢を整えられないし危ない。やはりイーシャは身体能力が高くても、対人で戦い慣れているわけではなさそうだ――と思った時だった。

「っ?!」

突然そのまま身を低くして足払いをかけられた。

弾かれるのは予測済みというわけか。

俺は慌てて後ろに飛ぶ。本当に間一髪だったので、心臓がバクバクいっている。しかし落ち着く間もなく、再び突くような動きで剣が向かってくる。

基本の動きでないものは無駄があり隙ができる。しかし速度が加わると、予測して動けない分、対処が難しい。

素早い剣技を弾くだけで俺の動きは精一杯だ。せめてこのまま単調な突きだけなら崩せるかと思った瞬間、剣の持ち手が突然右から左に流れるように変わり、まったく違う動きで剣が横からきたため、慌てて受け止めた。予測がつかない動きにヒヤリと背筋が凍る。

これがただめちゃくちゃな動きならば脇が甘かったりするのに、攻撃が最大の防御と言わんばかりの動きで隙がない。とにかく体勢を立て直そうと、力でイーシャを弾き飛ばす。

しかし抵抗が少ないどころか、その力を利用するようにイーシャが思った以上に後ろに飛ぶ。このままではイーシャのペースのままだと思い、懐に飛び込むように間合いを詰めて今度はこちらから剣を振りおろした。それをイーシャが剣で受け止める。

力だけならまだ俺の方が強い。このまま押せばイーシャが負けを宣言するかと思ったが、するりと剣がそらされ、その隙にイーシャは俺から距離を取った。攻撃してもするっと逃げられる感覚に焦りを覚える。一体何処から攻めたらいいのか。

俺ならイーシャに手加減できるなんて、なぜ思った。

手加減していたら俺が負ける。負けたらどうなる?

イーシャのミハエル様像が壊れた瞬間が恐ろしい。イーシャは俺に追いつくために鍛えたと言っていたのだ。

この勝負、絶対、なんとしても勝たなければ。

俺が再びイーシャに攻め込もうとした瞬間、イーシャが木刀を高く投げた。

……はぁ?!

俺がその剣の方に目が行った瞬間、イーシャが間合いを詰めてきて、動きが一歩遅れる。嘘だろ。目が足りない。

でも気にするべきはイーシャだ。

俺は飛んできた回し蹴りを腕で止める。

だが続いて再び木刀が目の前にきて、寸前で俺は考える前に飛びのいた。服に木刀がかすった感覚に、ぞわりと鳥肌が立つ。何が起こったのか。

イーシャはちゃんと木刀を持っている。確かに投げたはずなのに。

二本目を持っているはずがないので、つまりは投げた木刀を落ちる前に掴みこっちに振ってきたということだ。

あり得ないだろ?!

でもあり得ているから、今イーシャは木刀を持っているのだ。このまま予想のつかない動きを続けられたら、マズイ。

焦った俺は、イーシャを真似て木刀をイーシャめがけて投げた。その動きはイーシャの不意をつけたようだ。慌てて避ける動きをするイーシャの間合いを詰め俺はイーシャの腕を持つとそのまま背負い投げをする。体重の軽いイーシャは簡単に宙を舞った。

そして衝撃を受け一瞬力が抜けたイーシャから木刀を奪い取りその首筋に木刀を向けた。真剣ではないので切れることはないが、これは模擬戦だ。木刀を突きつけられたイーシャは観念したように、そこから攻撃を再度仕掛けてくることはなかった。

「勝負あり。勝者、ディアーナ」

傍仕えの声で、俺は力を抜いた。

心臓は今もバクバクいっている。危なかった。

危うく負けそうで、一か八かの手に出てしまった。実戦ならば、こんなギャンブルな手など使わない。勝ったはずなのに、勝った気がしない。

「あ、あの。大丈夫?」

勝敗を決めるコールをされたのに、イーシャが立ち上がらず、もしかして変にひねってしまっただろうかと血の気が引いたが、声をかければイリーナはすくっと腹筋で起き上がった。

「大丈夫です」

大丈夫そうではないうつろな目で答えられて、顔が引きつる。えっ。どうしよう。嫌われた？

負のオーラが漂っている様子に、俺はやらかしたと瞬時に悟った。

何が手加減できるだ。馬鹿野郎。まったくできていないじゃないか。

とりあえず次の試合のためにその場を一緒に退くが、イリーナは落ち込んだ表情でぼんやりとしている。動きにおかしいところなどないので、怪我はしていないと思うけれど……。

先ほどの俺達の試合を見ていた周りは、次の試合が始まったのに、俺達の方をチラチラと確認している者も多い。チラリと今打ち合いをしている者を見ても、俺とイリーナの能力がずば抜けているのが分かる。もしも俺が相手でなければ、相手は瞬殺だ。周りの子達は、自分が相手でなくてよかったという安堵と畏怖を感じているようだ。

「け、怪我はしてない？　本当に大丈夫？」

「……大丈夫です」

それにしても、イリーナの落ち込みが酷い。

試合後も酷い顔だと思ったけれど、時間を置くごとに、ドンドン蒼白になっていっている。

一体、どうしたというのか。

「分かってはいたんですけど……ミ……ディアーナは、やっぱり強いですね。全然歯が立ちません。完敗でした」

「そんなことないわ。それに今回は木刀という縛りがあったじゃない。イリーナの戦い方は様々な武器をもちいて、持ち前の身体能力を活かす方法でしょう？　体格差があるから力面では勝てても跳躍力や瞬発力、動体視力、どれもイリーナの方が上よ」

私など何の価値もないと言い出しかねない雰囲気に、俺は慌ててイーシャの凄いところを挙げていく。

全然歯が立たないなんてとんでもない。イーシャは俺にギャンブルさせるぐらい、ギリギリまで追い込んだのだ。

なのに、イーシャだけが全然分かっていない。イーシャは元々自己肯定感が極端に低いところがある。沢山いいところがあって優れているのに、自分を肯定しない。もしかしたら戦えるというのはイーシャにとって数少ない自分を肯定できる部分だったのだろうか？

私兵団との襲撃訓練でも一切手を抜かず必ず倒すぐらいだ。それなのに、負けたことで、悔しいを通り越して自己否定の負の連鎖を引き起こしている？

しかし少しすると、イーシャは再び目に光を灯した。

どこか悟りを開いたような表情に俺はぎくりとする。一年イーシャと一緒にいた俺には分かる。これはイーシャが斜め上に駆け抜ける前兆だ。

「ありがとうございます。これからも、もっと強くなれるよう、色々自分を見直したいと思います」

「えっ。……もっと強く？」

これ以上強くなったら、今度こそ俺が負ける。

普通なら現役の武官が負けることなんてないが、イーシャなら本当にやりかねない怖さがある。

「はい。今回は負けてしまい教官としては力不足だと皆から思われたと思います。しかし弱いからこそ教えられること、そしてもっと腕を磨くこと、さらに弱くても勝つ方法を考えることで、誰でも強くなれるのだと伝えられるかと思います」

んんんん？

次に飛び出てきた言葉に、俺はギョッとした。弱い？　弱いからこそ？

俺達の会話に聞き耳を立てていた人も、あり得ない単語にざわりとする。自分を立て直すことでいっぱいになっているイーシャは気が付いていないけれど、たぶん皆俺と同じ気持ちだ。

イーシャが弱かったら、この世界の大半は男女合わせて弱い人間だ。

辛うじて勝てた俺が普通で……強いというのは、どのレベルを指すのか。

そして同時にイーシャが何に蒼白になっていたのか気が付いた。自分が周りから力不足と思われ、教官としての指導力が懐疑的に見られることを恐れていたのだ。イーシャは仕事に対して妥協しないからこそ、自己肯定感が低いイーシャは不安になったのだろう。

「待ってイリーナ。よく聞いて」

「はい」

俺はイーシャの肩を掴み、真っ直ぐ灰色の瞳を見つめた。イーシャの心にちゃんと届くように。

　イーシャもまた俺を真剣な顔で見つめる。きっと、色々厳しい現実を言われると思っていそうな顔だ。……ある意味、イーシャにとっては受け入れにくい現実かもしれない。

「誰もイリーナを侮ってはいないわ」

「は？」

　イーシャは何を言われたかまったく分かっていない顔をした。でもこれが現実だ。イーシャの中にある思い込みは早めに取っ払わなければいけない。

　周りが俺に同意するように頷いているのが、俺の感覚の方が普通である証拠だ。

「むしろ圧倒的な戦闘センスに引いている」

「えっ？」

「強くなるのは悪くないのよ？　努力家なのはイリーナのいいところだもの。でもね、前提条件の弱いからこそというのは……皆に受け入れられないと思うわ」

　俺はイーシャが受け入れられるよう、ゆっくりと話す。イーシャはびっくりしすぎて瞬きが増えていた。きっとイーシャのことだから、身内びいきだろうかと、明後日な勘違いをここからするのだろう。でもそうはさせない。

　イーシャが教官を務めると言うのならば、冷静に平等に評価する必要がある。ここにいる女性武官候補達のためにも。

「……私、負けましたよね？」

恐る恐るといった様子で話すイーシャに俺は頷く。確かにイーシャが言う通り勝ち負けならば、イーシャが負けだ。

「負けたけれど、とっさに奇襲をしなければ負けると思ったぐらいの動きだったの。あれ、かなり焦ったし、一か八かだったのよ？」

あんな模擬戦をしたのは初めてだ。

定型を無視した動きなのに隙がほとんどなく、スピードが速くてかわすので精一杯になる攻撃。今回は武器が木刀だけと限定されていたから対処ができたが、何でもありとなった時、さらにどういう動きがくるのか読めなくなるだろう。

「それにイーシャの動きに驚いたのは私だけではないはずよ？」

俺に言われてようやく周りを見る余裕が出てきたイーシャは、何を言っているの？　といった物言いたげな視線にさらされて戸惑っていた。少しはこれで自覚を持ってくれればいいけれど……。

その後はゆっくり、イーシャと一緒に模擬戦を見る。

周りからの視線と自分の中の認識のずれに戸惑っていた様子だが、模擬戦を見始めたイーシャはとても真剣な顔をしていた。何一つ逃さないよう、瞬きさえ惜しむように見ている。

模擬戦の試合風景は、正直普通の武官に比べてかなり微妙だ。イーシャのような突出した者はいないし、構えすらまだまだな者もいる。いい動きをしているのは王女が連れてきた元『女性騎士』のみだ。

護衛として最低ラインを越えている元『女性騎士』だが、問題は挨拶すらまともにできていないところだろうか。……この状況ではこの国の武官との連携の部分で不安が残るし、情報を得るのも大変だろう。

さて、女性武官の制度が現状では不可になりかねない状況だが、どうしていけばいいのか。王女の様子から元『女性騎士』を一番信頼しているのが分かるので、彼女達を護衛から外すのは王女が納得しないだろう。忠誠心という面だけでいけば元『女性騎士』はずば抜けて高いはずなのだ。だとすると、ただ不可だとするのではわだかまりが残る。

「基礎体力作りから必要かも……」

俺がどう王子に状況を伝えるべきかと考えている隣で、イーシャがポツリと呟いた。確かに模擬戦をしただけで疲労困憊な様子を見ると、基礎の基礎である体力がそもそも足りていないとしかいえない。

「雪だと、外で訓練できないデス」

イーシャの呟きに、全然会話をしていなかった元『女性騎士』の一人、アンネが反応した。

……ああ。イーシャは彼女の言葉が分かると知っているから話しかけやすいのか。

「雪かきでも十分な体力がつきますよ？　それから、階段の上り下りもいいのではないでしょうか？　雪遊びもやり方次第で、いい訓練になりますし」

イーシャは特に気負うことなく、アンネの質問に答える。雪かきや雪遊びなどでの訓練は、カラエフ領の私兵団が取り入れているのかもしれない。

「あの、イリーナ様は、カラエフ伯爵家のご令嬢なのに、雪かきのご経験が？」

カチェリーナが会話に加わると、イーシャの目が泳いだ。経験があるのは間違いない。なにしろ、俺の実家に出稼ぎに来ていた時もしていたのだ。しかも雪ですっころんだ男性使用人を運んだという情報も入手している。

でもカチェリーナに言われて、普通の伯爵家のご令嬢はしないいなと今更ながらに思う。

「カラエフ領は王都以上に雪の深い土地ですから。できる者ができることをやるのが当たり前なのです」

おほほほほと、イーシャが貴族女性らしく笑うが、目が泳ぎまくりだ。俺としては、領地のためにどんなことでもやるイーシャはまるで聖女のようだと思う。だからそんなに必死に言い訳しなくてもいいのに。普通のご令嬢ならば何もせず不満を募らせるだけだっただろう。

貴族らしくないイーシャが俺は好きなのだから。

「訓練の仕方は王太子殿下にもご協力いただき、男性武官のやり方などを取り入れつつ考えてまいりましょう。今日は集まって下さりありがとう。契約時に話した通り、しばらくは見習い期間として訓練をしていただき、結果が出ない場合は春の時点をもって不採用とします。ただし冬の間の食事は王宮で準備し、給金も武官補佐の料金ですが支払いますね」

なるほど。そういう契約をしていたのか。

王子に言われるままに参加したので、集められた女性達がどういう契約をしているのか分からなかったが、ここにいるだけで春までは必ず給金が出るのか。備蓄だけで過ごさなければいけない冬の間に解雇はしないいなんて好条件だ。だとするとかなり厳しく情報漏洩がないように契約が結んであるのかもしれない。

王女がまとめの言葉を話せば、俺達は解散となった。

「イリーナ、またね」

「はい」

できることならばこのままイーシャについて行きたいところだが、いつまでも女装していたくはない。

「あら？　ディアーナは女性寮に行かないの？」

「ええ。私は少し用事があるの」

元々別室を与えられていたイーシャと同様に俺が違う方へ移動するのに気が付いた女性にニコリと笑っておく。不思議そうな顔をされたが、本来はない職業でかつ王子の命令で領主に推薦された女性武官候補者は理由があって、参加している者ばかりだろう。深く追及されることもなく別れ、俺は急いで着替えに向かった。

休憩室に入った私はバタンと急いで扉を閉めた。

「お帰りなさいませ。顔合わせで何かございましたか？」

癒しの笑みでオリガは出迎えてくれたが、私の様子が普段とは違うことに気が付いたのだろう。心配そうな顔をした。

「お、オリガ……バレました」

「えっ？」

「ミハエルが、ディアーナで、女性武官候補でいたんです」

「は？」

部屋に入ると、私は一気にさっきあった様々なできごとが脳裏に蘇り、しゃがみこんだ。

頭の中がぐるぐるする。何をどう話せば……。

「イリーナ様、ひとまず、お席にお座り下さい」

「……ありがとう」

シュタッと立ち上がり椅子に座ると、あらかじめ私が帰ってくるタイミングを見計らって準備してくれていたらしくお茶を用意してくれた。

　そのお茶に口をつけると、少しだけ落ち着いた。

「それで、何があったのでしょうか？」

「何があったのではなく、会ったの。女装してディアーナと名乗るミハエルに」

　オリガは目をぱちぱちと瞬かせ固まった。

　うん。固まるよね。なんというタイミング。これまで色々あったので、こんな可能性もあると……あると……って、普通はあるわけないよね。初日からこんな形でバレるなんて!!

　神に呪われているのだろうか？　いや、神様はミハエル様なので、ミハエルに隠しごとをしてはなりませんという思し召しなのか。

「ミハエルは神々しい銀髪をポニーテールにし、女性武官の恰好をされて、今日の顔合わせに参加されていたんです。遠目からでもその神々しさは消せるはずもなく、誰よりも美しく目立っていました。しかし悪目立ちではないのです。化粧を施されたミハエル様は中性的な顔立ちとなり、それが逆に神秘さを増しており――」

　美しすぎる女神を思い出して、私は恍惚とした。

　まさにあれこそ、女神。ミハエルは私が時折ミハエルのことを神と崇めてしまうため、私のことを女神とからかうことがあるが、不敬にもほどがある。女神とは――。

「イリーナ様」

つらつらつらと思いの丈を語っていると、名を呼ばれた。何処かふわふわした夢を見ているような気持ちで燃えたぎる想いを思い返していたけれど、現実に戻ってくれば、死んだ目をしたオリガと目が合った。

「ごほん。少し語りすぎてしまったみたいね」

「それはいいのですが……。それで、ミハエル様はどういった理由で女装されて参加されていたのでしょう?」

「演技をされていたのでお考えは分からないわ。ただ、確実に家に帰り次第、話し合いになるかと……」

外で働かないと約束したのに、一年も経たずに破っている現実。……ため息しか出ない。怒っている様子はなかったが、演技中に怒れるはずもなく、楽観視はできない。恍惚とした気分が一転して、ずどんと気持ちが落ち込んだ。

「大丈夫ですよ。ミハエル様はイリーナ様を愛されておりますから。バーリン公爵家の皆様は多少のことでは動じませんし、イリーナ様のお考えをお話しすればいいと思います」

オリガに励まされ、少しだけ気分が浮上する。

そうだ。ミハエルはどんな時でも話を聞いてくれる。ちゃんと順を追って説明をすれば大丈夫だ。

請け負った仕事を続ける、続けないは話し合って決めればいい。

「そうね。そうと決まれば、急いで着替えて帰る準備を」

逃げても仕方がない。私がそう言い立ち上がれば、オリガがドレスの準備をしてくれる。私はテーブルから離れると、上着を脱ぐ。

「そういえばミハエル様はもう帰られたのでしょうか？」

「仕事時間的にはまだ早いし、討伐部に寄るかもしれないわ。とにかく、ミハエルの邪魔にだけはならないようにしないと」

一緒に帰ろうなどと誘うだけでも迷惑な可能性があるような……でも何も言わずに帰るのも薄情な気もする。

どうするのが一番いいのか。

「ではミハエル様が帰るより先に屋敷に戻り、急ぎ部屋の片付けをし、ミハエル様を気持ちよく受け入れた方がよろしいのではないでしょうか？」

「そうね。流石オリガ！」

オリガの指摘を受け、私は現在の自分の部屋を思い出す。そうだ。まだミハエルが遠征から帰ってこないと思い、少々散らかしっぱなしになっていた。

何処に何をしまうかの指示も出したいので、急ぎ帰らなければ。

そう思い、さらにスカートに手をかけた時だった。

「イーシャ、会いたかったよ!!」

バンと遠慮なしに休憩室の扉が開いた。そして扉の向こうには、後光さす神様が立っていた。

……えっ？

神様は笑顔のまま固まった。私も固まった。

頭の中が真っ白だ。

しかし時が凍った空間で、オリガだけ正常に動いていた。

「お支度が終わるまで、お待ち下さい」

バタン。

大きな音を立てて扉が閉まる。

「えっ。今の、ミハエル？　えっ？　廊下で待たせては駄目では？」

「着替え中に入ってくる方が駄目です。さあ、急いで着替えましょう」

休憩室には鍵はない。この離宮には女性武官候補者しかいないので、油断していた。

その後は黙々と着替える。無だ。無になるのだ。終わるまでは思い出してはいけない。

そもそも夫婦なので、素肌を見られたところで問題はないのだ。私が恥ずかしいだけで。

「ミハエル様、もう大丈夫です」

「あ、あの。見苦しいものをお見せしました」

着付けが終わると、オリガが扉を開けたので、私は急いで頭を下げた。ミハエルもまさか今
着替えをしていると思ってもみなかったのだろう。戻ってすぐ着替えていれば、既に着替え終

わっていて当たり前の時間が経っている。

「見苦しくなんてないよ。むしろいいものを――」

ゴンッ!!

突然大きな音が鳴り、慌てて顔を上げると、少しおでこが赤いミハエルと目が合った。体勢的に壁に自分の頭を打ち付けたようだ。

「えっ?!　ミーシャ？　一体、何を？」

「気にしないで。不適切発言をしかけたのを物理的に止めただけだから。本当にごめん。浮かれて、ノックを忘れるなんて。イリーナの前ではカッコイイ姿でいたいのに……はぁ」

ミハエルは疲れたようにため息をつき頭を振ると、私に手を差し出した。

「馬車までエスコートさせてくれないかな？　ようやく会えたんだ。少しでもイーシャと一緒にいたい」

「……はい」

きゅるんと目を潤ませた甘え顔をされたせいで、釈明しなければとぐるぐる考えていたものが吹っ飛ぶ。気が付けばミハエルの手を取っていた。私の手を握ったミハエルがニコニコと幸せそうに笑うのを見て、幸せで胸が温かくなる。

「その……お帰りなさい、ミーシャ」

「ただいま、イーシャ」

「会えて嬉しいです」

想定外とか、想定外とか、想定外が重なっているけれど、それでもミハエルに会えたのは素直に嬉しいのも私の本心だ。

「うう。俺の嫁が可愛すぎる……。俺もずっと遠征中寂しくて、寂しくて……会いたかった」

ミハエルは私のおでこにキスを落とした。それだけで心拍数が一気に上がり、私は目線をウロウロと彷徨わせた。オリガに見られたら恥ずかしいというか、そもそもオリガも見たくないだろうし――とオリガがいるだろう方向を見れば、私達が話している間に彼女はてきぱきとお茶や制服の片付けをし、こちらを見てはいなかった。

自意識過剰な自分に、羞恥心が刺激され、いたたまれない気持ちで、プルプル震えていると、ミハエルがプハッと噴き出した。

「じゃあ、帰ろう」

「……はい」

どうにでもなれな気持ちで王宮を歩き、馬車に乗り込む。なんだかもう、精神的に振り回されすぎてぐったりだ。

ぼんやりとしながら屋敷まで帰り、使用人達に出迎えられたところで、はっとやらねばならぬことを思い出した。どうしてこんなにぼんやりしていたのか。

自分のさらなるやらかしを思い出し冷汗が出る。

「ミ、ミーシャは、長旅と女性武官の件でお疲れかと思いますのでリビングで先にくつろいでいて下さい」

「えっ？　イーシャは？」

「私は……、綺麗な私をミハエルには見ていただきたいので、一度着替えてきます。オリガ、いいかしら？」

「かしこまりました」

オリガに目配せすれば、オリガはすべてを理解してくれたようで、私の先を歩いてくれる。

「寝室までエスコートするよ」

「いいえ。ミーシャにはしっかり休んでいただきたいんです。綺麗にしたいのは私の我儘ですので」

そう。私は綺麗にしなければいけない。

あの部屋を、今すぐに。

サッとミハエルから手を離し、オリガに続いて、早歩きで寝室に向かう。頭の中で警告を出す鐘の音が響く。

部屋に入った私は共に部屋に入ったオリガを真剣な目で見る。

「とにかく、隠しましょう」

「何をだい？」

ひゅっと、私は息を呑んだ。

確かに扉を閉めたと思ったのに、私の背後から声がした。ゆっくりと振り返れば、そこにはミハエルがいた。……くっ。やはり誤魔化しきれなかった。流石は神様。

「……これは凄いね。うん。こんなにこの屋敷にとってあったんだね。俺の服」

ミハエルの服を捨てるなんてあり得ない。これらは家宝だ。しかし今の私はそんな訴えをしている場合ではない。

夫婦の寝室をミハエルが不在である間だけ、ミハエルに内緒で歴代のミハエルの服を飾るという模様替えをしていたのだ。服作りで使うトルソーに上着をかけたり、ハンガーにかけたりして色々並べた。それ以外にも新たにテーブルを持ち込み、人形にミハエルの子供服の模造品を着付けて飾ったり、ミハエルが昔使っていた小物を飾ったりと、やりたい放題だ。

予定ではミハエルが帰ってくるという一報が届き次第、撤収して証拠を隠滅し、元の寝室に戻す完璧な計画だったのに。

「それで、これはどういう状況なんだい？」

「えっと、こちらから年代別に日替わりで並べてあります。ほら、この人形は使用人の方と一緒に作ったのですが、可愛いですよね？」

「そうだね。でも落ち着かないし、古い服のせいで埃っぽくないかな？」

「いいえ。一人寂しく待つ間、このミハエル様展を眺めていると、心が落ち着くのです」

時折、逆に興奮してしまうこともあるけれど。でも宝に囲まれて眠るなんて、最高の贅沢だ。

「ミハエル様展……」

「ほら。えっと。美術品みたいなものですから」

「なるほど。寂しさのあまり、模様替えをしてしまったと」

「はい」

ミハエルはニコリと笑った。

そしてパンパンと手を叩く。その瞬間使用人達が、ぞろぞろと中に入ってきた。

「撤収」

「あああああ」

無慈悲な指示が入った瞬間、並べられた歴代のミハエルの服が根こそぎ部屋から出て行き、私は宙に手を伸ばし叫び声を上げた。いや、自分もミハエルに見つかる前に片付けようとしていたのだけれど、それでも自慢のミハエル様展がと思うと少々悲しい。

「本物が帰ってきたんだからいいでしょ？」

「そうですね……」

私は元の状態に戻った部屋を前に、がっくりと肩を落とす。

ミハエル様展は別腹ですは言ってはいけない言葉だろう。強引にミハエル様展を継続すると、ミハエルが対抗してイリーナ展を作りかねない。ここは賢く黙る一択だ。

「そうだね。この小さな人形は置いておいてもいいけど、後でイリーナ人形も作って隣に置いてあげること」

「えっ。いらなくないですか？」

イリーナ展の開催を宣言されなくて良かったけれど、それでもイリーナ人形の需要が分からない。

しかし素直な気持ちでポツリと呟いた言葉がミハエルの逆鱗に触れたようだ。笑みが深くなる。

「俺の人形が一人じゃ可哀想じゃないか。本物は俺のものだからね」

えぇぇ……人形にまで嫉妬しなくても。

そう思うが、私の心の声が届いたかのようにミハエルは私を見据えた。

「それにしても、寂しいと言いながら、しっかり楽しんでいたようだね？」

「……人形作り頑張ります」

私の答えはイエスしか残されていなかった。

寝室が元の姿に戻ったところで、私は最初に言い訳した通り、服を着替える。ミハエルの瞳の色を意識した、青色のドレスだ。そこに銀色の糸で刺繍が施してある。……それが何をイメージした色なのかは一目で分かるだろう。

ミハエル様色は尊くて嬉しいけれど、それがミハエル色なのだと思うと、正直少し恥ずかしい。それでもオリガがやり切った顔をしていたので、似合ってないことはないと思う。

「お待たせしました」

リビングに入れば、ミハエルもまた制服から普段着に着替え終わっていた。

部屋に入るとすぐミハエルは立ち上がり私の方までやってきて当たり前のように手を取る。

「とても似合っているよ。まるで妖精のようだ」

「ふふ。ありがとうございます」

「本当だよ？　俺はイーシャに嘘はつかないから」

ミハエルの冗談にくすりと笑えば、可愛らしく頬を膨らませて抗議してきた。そしてそのまま私はミハエルにエスコートされ、席に座る。

「早速で悪いけれど、どうしてイリーナが指導員をやることになったんだい？」

「実はミーシャが遠征に行っている時にエミリア王女からお茶会の誘いがあったんです」

どうして指導員をやっているのかと聞かれると、私の方がどうしてこうなったと言いたい。

そのため順を追って説明をする。そうすれば、きっと私もこんな現状に着地した理由が分かるはずだ。

「王家からのものなので断ることができずお茶会に参加したのですが、当日行ってみるとエミリア王女と私だけで、色々話していく中で女性武官の話になり、エミリア王女から話をもらって……初めは断ろうとしていたのですが……気が付いたら請け負っていました。公爵家に嫁いだら働きに出ないというお約束を守れず、申し訳ありません」

「王家からの依頼なら仕方がないよ。特にあのお姫様は人を動かすのが得意な上に押しが強いからね。でもイーシャが断れずに困っているなら、俺の方から抗議させてもらうけれどどう？」

怒られたらどうしようと思ったが、ミハエルから出たのは私を気づかい、心配する言葉だった。王家からの依頼だったとはいえ、働かないという約束を守らなかったことに対して良心がズキリと痛む。

「いえ、力不足は感じているのですが、困ってはいないです。その……公爵家として迷惑でなければ、しばらく続けさせていただき、女性武官制度の設立の手助けをしたいと考えています」

ミハエルには負けてしまったし、武官ではない私が教えられることは少ないけれど、引き受けたからにはしっかりとお勤めを果たしたい――建前だけど、この気持ちも嘘ではない。

「でもイーシャ、女性武官の指導員という立場だから王女を護衛することはないけれど、絶対安全だとはいえない。それでもやりたい？」

「反対ですか？」

やはり次期公爵夫人が働くのは駄目だったか。もしくは女性武官制度設立に公爵家が賛成していると思われるのが良くなかったのかもしれない。

「次期公爵夫人がやることではないけれど、そもそも女性武官制度の設立というのが新しい試みだからね。イーシャがしたいのなら、俺は反対しないよ？　そしてここは間違えないで欲しいのだけど、俺は決してイーシャの能力が低くてできないと思ってはいないからね。ただイーシャが王家からいいように使われ、安全とはいえない状況下でタダ働きさせられるのは納得がいかないいんだ」

「あっ。その。タダではなく、お給料は貰っています」

なるほど。危険な仕事を無理に命じられたと思ったのか。でも確かに、普通は次期公爵夫人がお金を稼ぐ発想がないので、無償で働かされていると思ってもおかしくはない。

「へぇ……。そこまでの無茶振りをされているわけでなくて良かったよ。次期公爵夫人として使える予算があるからお金はいらないだろうけれど、次期公爵夫人を王家の権力に任せて不当に扱うのは、公爵家としては到底認められないからね？　本来ならば公爵や俺を通して依頼するところを飛ばしている依頼な上に、イーシャは女性武官候補ではなく、次期公爵夫人という立場で協力をしているのだから」

ミハエルの口調からほのかに怒りを感じる。よく考えれば、王家ならば次期公爵夫人にどんな理不尽な命令もできるなんて前例を作るべきではなかった。言いくるめられてしまったけれど、やっぱり私が勝手に引き受けてはいけなかった。

「勝手に引き受けてしまい、申し訳ありませんでした」

「謝らなくていいよ。無作法をしたのはあちらだ。公爵家の一員になったばかりのイーシャが王家の無茶振りを断れないなんて当たり前だよ。イーシャは本当に大丈夫？　今からでも条件を変えることも可能だよ？」

心配そうに私を見るミハエルは本当に私に対しては怒ってはいないようだ。次からはこんな迷惑をかけないように立ち回ろうと考えつつも、この条件は私が望んだことであることを伝えよう。

「私も最初は言われるまま引き受けそうになりましたが、欲しいものがあるので給料を出していただけるように交渉したので問題は――あっ」

ミハエルはにっこりと私を見て笑った。

予算が付けられていると言われたのに、欲しいものがあるから給料を貰っているだなんて、明らかにおかしい。

今、私、言わなくていいことを言ってしまった。

「何が欲しいんだい？」

「いえ。その……」

私はどう誤魔化そうかと視線を彷徨わせた。言えない。

私の野望は気が付かれたら却下される未来しか見えない。

「俺に言えないもの？　予算も使おうとしてないしね」

「う、後ろ暗いものということではなくて、これは私のお金で買いたいもので……」

「私のお金？」

言い訳を必死に考えるが考えれば考えるほど墓穴を掘っている気がする。

「わ、私は、気がねなくお金を使いたいんです。その、これまで自分で稼いできたので」

「気がねなんてしなくていいんだよ？　そうだね。イーシャに渡された予算は、イーシャが俺の隣で俺を幸せにしてくれたことに対する対価だと思ってくれればいいんだ」

いいんだと言われても、やはりそれは私の労働意識とは違う。公爵家が出してくれたお金は、やはり公爵夫人として使うお金だ。私の趣味に使うお金ではない。

「それともやっぱり、俺はイーシャの信頼をまだ得られてないのかな？」

「そんなはずありません！」

「でも、秘密があるのだろう？　夫婦だからといってすべてをさらけ出すのは無理だと思うよ。でも危険な仕事をしてまで、何にお金を必要としているのか、夫として心配してはいけないだろうか？」

うるうるうるっと目を潤め、懇願するようにミハエルが私を見つめた。

む、無理だ。こんな表情をさせるなんて、ミハエル教信者の私には我慢できない。……諦めよう。ミハエルを誤魔化そうと思うのが間違っていたのだ。

「実は、私には私のお金で、ミハエル様の像を建てるという野望があるんです」

「は？」

私が懺悔するように理由を話すと、ミハエルは鳩が豆鉄砲を食らったような顔をした。

「人様のお金では駄目なのです。私が、私のために建てたいのです。公認のミハエル様の像ができれば、私はそこを観光名所にすべく全力を尽くします。そしてそのためのお金を稼ぐために、指導員の仕事を請け負いました」

目指せ、ミハエル様の像。

剣を振り上げている姿もカッコイイし、踊っている姿でも、どんな姿でも素晴らしい逸品となるだろう。……これはポーズ決め一つから関わっていかなければならない。

「待って。そんなもののために?!」

「そんなものではありません。ミハエル様の像ですよ?!　もちろん、ただ作るだけではありません。何かミーシャが功績を残された時、初めて作ります。そう。これは私のお金で作る、初の公式グッズです。そのために、私はしっかりと働いてお給料が欲しいのです。私が女性武官候補に指導をすることに問題がないのでしたら、このまま働かせて下さい」

　私の訴えに、ミハエルは頭を抱えた。やはり女性武官の指導は難しいのだろうか？　不当ではない程度のお給料はいただけているはずなので。

「王家からの依頼で働くのはイーシャが納得しているならばいいけれど……お金をもっと自分のために使って欲しいというか……。いや、うん。それがイーシャのやりたいことなんだね」

「そうです」

　堂々と言えば、仕方がないなという顔をされた。

　ミハエル様の信仰は生きがいにもなっているので、取り上げられなくて良かった。もしかしたら隠れて信仰をされる方が困ると思われているのかもしれないけれど。

「そういえばミーシャはどうして女装されていたのですか？　趣味というわけではないですよね？」

　私の話がいち段落したのでお茶を飲みながら、逆に質問すれば、ミハエルがお茶を噴き出し咽せた。

「だ、大丈夫ですか?!」

　慌てて立ち上がり、ミハエルの背をさすれば、ミハエルは片手を上げた。

「ごめん。……大丈夫」

「あの。もしも聞かない方がいい機密事項でしたら、お話しされなくても大丈夫ですから」

「内緒にして欲しいけれど、イーシャには知っておいてもらおうと思う。とりあえず、女装が趣味ということだけはないからね」

ミハエルは口をハンカチで拭く。使用しているハンカチは私が何枚も作った刺繍入りのもののようだ。ちゃんと使ってくれているんだと分かると、ちょっと嬉しい。

「エミリア王女が始めようとしている女性武官は、この国にはなかった新しいものだ。自分達の立場を脅かされるのではないかと心配する武官も出ると思うし、女性というだけで偏見を持つ者も出ると思う」

その理由は分かるので頷く。未知のものをやるのだから、問題が出るのは当たり前だ。

「でもエミリア王女が言う通り有用な部分があるのは確かだし、今後も王女がお生まれになった際に付ける護衛などが女性となれば、人員的にも余裕が出るという思惑もあるんだ。現在の武官は人員に余裕があるかと言われればそうではないからね」

子が生まれ護衛をと考えるまでにはまだ年月がかかる。それまでに女性の中でも得意な者を選別し教育すれば十分間に合うし、そういう職業があると知れば、目指す者も出てくるだろうと長期的に見ているようだ。

「ただしそれには女性も武官の仕事ができるとまずは証明する必要がある。そこで王太子に言われて俺が確認することになったんだよ。下手に刺激しないよう、女装をしてね。……女装はかなり馬鹿馬鹿しいけれど、王太子の命令なんだ」

「あの。とても麗しく素敵で似合っていました」

「……うん。ありがとう」

思い出すだけでため息が出そうになるぐらいの女神だったが、私の褒め言葉にミハエルは苦笑いをした。去年も女装したミハエルからすると、まだまだ改善案があるのかもしれない。

えっ。でもこれ以上の美女になったら、正しく傾国だ。どうしよう。武官の中でいらぬ争いが起きかねない。

「はい！　私もミーシャにご協力したいです」

私がミハエルに無体を働く者が出ないよう守らなければ。

後は流石に体を女性にできるわけではないので、脱げば男だと知られてしまう。そのため着替えなどで協力した方がミハエルはやりやすいのではないだろうか？

「うん。よろしく頼むよ」

「お任せ下さい」

ミハエルの美しさに過ちを犯す者は万死に値する。

私はニコリと笑い、心の中で決意表明をした。

三章：出稼ぎ令嬢と女性武官候補

武官の朝はそれなりに早い。

冬は太陽が出る時間が遅いので外はまだ暗いし、寒い。しかししっかりと防寒し、城の雪かきをする。

雪かきは腕や肩だけでなく、体幹も背筋も足腰も鍛えられる、まさに理想の筋トレだ。その上、邪魔な雪までなくなるなんて素晴らしい。

「……どれだけ雪かきをしてもなくならない。あー、もう雪なんて見たくない」

「今年は酷いらしいけど、こんなものじゃないかしら？」

「私は南の方出身だから、雪が少ないのよ」

雪かき中は女性達の口もよく動く。

ただし喋っているのはこの国の女性だけで、元【女性騎士】の三人は静かだ。言語的な問題からなのか、それとも無口だからなのか、はたまた彼女の国では訓練中は喋らないのが普通なのか。分からないけれど、何処か壁を作っているようにも見える。

訓練中喋らないのは当たり前だけど、雪かき中はお互いの親睦を深める意味もあり特に注意はしない。ミハエルも女性達の思想が大丈夫かを確認したいようなので、こういう場は大切だ。女性の意見を聞きやすい休憩室は女性使用人の女性寮の部屋で、着替えもする。場合によっては割り切るつもりらしいが、自分も着替えなければいけなくなった時に困るので、とりあえずは行かないそうだ。

服の着替えは、体に傷があることと私と知り合いであることを理由に対外的には一緒の部屋で着替えをしているとし、隣り合わせの部屋を借りている。女装がばれないようにバーリン公爵家で女装してから出勤しているのだが、美しすぎるミハエルを見た男性がうっかり惚れてしまうのではないかと、ちょっと心配だ。

あの美しい青空色の瞳に見つめられたら、三秒で恋に落ちる。

「もっと簡単にできないの？　例えばお湯とかまいたら駄目かしら？」

「お湯をまくのは止めて下さいね。酷い状況になるので。もしまくなら、炭や灰の方がいいです」

雪かきなどしたことのない女性なのかお湯をまく案を出していたので伝えておく。冗談ならいいけれど、お湯は本当に止めて欲しい。凍ってつるつるになるのも嫌だけど、雪がシャーベット状態になると余計に重くどかしにくいのだ。筋トレにはいいかもしれないけれど、まだまだ雪はあるので、必要以上の負荷はいらない。

「イリーナは雪かきが早いわね。こつとかあるの？」

「特には……まあ、慣れですね。アンネ達は困ったことはないですか？　慣れないと、おかしなところを痛めることもあるので」

筋トレにはいいが、雪かきは慣れてないと怪我もしやすい。お喋りをしている女性達はお互い無理ない範囲で止めるだろうが、異国人である彼女達は言葉が不自由だ。やりすぎる前に、自国の言葉でもいいので助けを求められるように声をかけておく。

「問題ない。ただ……私は、雪かきが初めてデス。早くはできない」

「ゆっくりでいいですよ。えっと、『無理しないで。雪はまた降る。やれるだけでいい』……上手く伝わりました？」

「ありがとう」

私もそれほど言語は得意ではないが喋れるところを見せた方が安心するかと思い、拙いながらも話せば、口角を上げ少しだけ目元が緩んだ。

「貴方達の訓練ではお喋りはしませんか？」

「訓練中はしないデス。……『女性騎士は……雑務は少ないです。なのでこういうことは初めてです。女性騎士の仕事は貴婦人の護衛か、もしくは貴族の跡取りとして有事の際、騎士を采配する立ち位置となります。ただし基礎訓練は男性と同等のものを行います』」

アンネは喋りかけてから、困ったような顔をした後、彼女の国の『女性騎士』の在り方を説明してくれた。

どうやら武官とは少々違い、女性領主が有事の際に命令する時に女性騎士と名乗るか、今回のように女性の貴婦人の護衛をするためにいるらしい。

「もしかして『女性騎士』は貴族がなる職種ですか？」

「そうデス。貴族の女性デス。護衛職を希望する『女性騎士』は、騎士の娘に多いデス」

「討伐などはしますか？」

「しないデス」

エミリアが討伐も念頭に置いていたので、そういう職種なのかと思っていたが、そうではないようだ。となると討伐うんぬんは、この国の武官を見て、考えた結果なのだろう。

「だとするとアンネは私より護衛する上での訓練を知っていますね。そういった部分の指導をお願いできませんか？」

『通訳をお願いできれば。私も聞きたいのですが、イリーナ様はこれまでどのような訓練を受けてきたのでしょうか？』

「私は領地の私兵に護身術を習い、神形の討伐に参加していました。私兵団の基礎体力作りの訓練は参加していましたが、剣はあまり強くないです。対人相手だと不意打ちを狙うような戦い方しかできません」

剣術の基本は習った。神形相手に使ったりもしていた。でも教える立場としてどうかと言われると、そこまでの技量がない。

実戦で敵からどう身を守るかを優先させているのだ。

「フイウチ？　あー、何？」

「思ってもないところからの攻撃の意味で……。例えば剣を使う人なら、次の手がどうくるかある程度予測しますよね？　なのでそういう相手には、普通ではない無駄ともいえる動きを使い、相手の混乱を狙います。といった考えで動いているんです」

「ナルホド」

「なので、力で負けてしまいそうな時の対処ネタは比較的多く持っていますし、捕らえられた時の脱出ネタも持っています。その中でも使い勝手がいいものを教える程度はできます」

護身術は自分を守るためのものだ。それでも守るために転用はできる。

「イリーナは、自己評価が厳しすぎると思うけど？」

「……ディアーナ」

アンネと話していると、ひょこっとミハエルが会話に入ってきた。ニコニコ笑っているけれど、微妙にアンネを牽制しようとしているように見えるのは考えすぎだろうか。さも私は知っている的な話し方に苦笑いする。

「確かに不意打ちが得意みたいだけど、剣の使い方もしっかりしていてブレもないわ」

「私もそう思いマス」

「それで言うなら、ミ……ディアーナの方が素晴らしい腕前でした。私は負けたんですよ？」

「ディアーナも素晴らしい思いマス」

「ですよね!!」

食い気味で同意してしまい、隣でミハエルが咳をした。……すみません。気を付けます。

「私も一度手合わせしたいデス。イリーナもディアーナも」

まるで恋でもしているかのように頬を少し染め恥ずかしそうなしぐさをしたが、言っている言葉は戦闘狂だ。……いや、もしかして、戦うのが好きなタイプなのかもしれない。

私はミハエルを守るため鍛えてはいるが、戦闘が好きなわけでは決してないので、曖昧に笑っておいた。できれば社交辞令であって欲しい。

「手合わせはまた今度ね。とりあえず現状の話だけど、それぞれ得意なことを教えるのはどうかしら？　私は剣や銃の扱いなら教えられるけれど」

「私はその方が心強いです。エミリア王女は今のところは男性武官を指導者として呼ばないのでしょうか？」

「やってきた武官が信用できるか分からないデス」

エミリアの婚約者である王太子と協力できなかったのだろうかと思うが、女装させてミハエルを送り込むぐらいだ。女性武官に関しては男性の不信感も根強いのかもしれない。

「だとしたらなおさら、得意なところをそれぞれ担当する方がいいと思うわ」

雪かきをしながら指導方法を話し合い、ある程度除雪が完了したところで私達は部屋の中に戻った。女性達を見ると、かなり疲労困憊な様子なので、一度休憩だ。

「アンネ達は大丈夫ですか？」

「大丈夫デス」

「疲れた。でも、問題ないデス」

「ワタシも」

これが実際に訓練を受けてきた人との差かもしれない。やはり体力作りは一番必要ではないだろうか。

「イリーナは大丈夫そうね」

「慣れていますし、これぐらいなら」

少し体が温まってきたし、さあ鍛練を始めましょうぐらいの気持ちだが、疲れている人を前にそれを言えば嫌味だ。体力は日々の鍛練により培われるもので、やる気を削いではいけない。

しかし私の気持ちはミハエルに伝わってしまったようで、微妙な笑みを浮かべられた。

「イリーナは昔からこんなに体力があったのかしら？」

「まさか。昔は私兵団に交じって走ると、毎回最後で、息切れも酷かったですよ。吐いたりすることもありました。そこから毎日鍛練して、今の体力なのです。公爵家に嫁いでからも、走らせていただいたりしていますし、その差ですかね？」

だから頑張れば雪かきだけでばてることもなくなる。

冬の間毎日こなしていれば、春までには慣れるだろう。筋肉痛も最初だけだ。

「ナルホド？」

なぜかアンネの返事が疑問形。でもアンネだって、走って吐く時代が絶対あったはずだ。

しばらく休憩して、私達は訓練を再開させた。

「これからの訓練の指導は私とディアーナ、そして元『女性騎士』の方々が担当します」

「話し合いの結果、私が剣と銃の扱いについて担当することになったわ。よろしくお願いします」

ミハエルが挨拶すれば、声はそろっていないが、よろしくお願いしますと返事が返ってくる。

「ではまずは剣を持って、素振りからよ。使い慣れているかもしれないけれど、疲れた状態でも振れるようにしなければいけないわ」

全員が練習用の剣を受け取り、構える。もちろん私もいそいそと受け取った。

「まずは上から下に百回。はじめ！」

百という数字に一瞬動揺したような声が聞こえたが、私はミハエルの声に合わせて振り下ろす。百ぐらいできて当たり前だ。だからただ黙々と声に合わせて振る。

その後も様々な型を何度も繰り返した。

「そこ、ちゃんと脇を締めて。振りが小さくなっているわよ！」

チラリと周りを見れば、筋力不足により型が崩れた状態になっている者が何人も見られた。

それでも指導を無視せず、できるだけ直そうとする様子が見られ、皆が必死についてきている。ディアーナに負けた私、同じ女性武官候補であるディアーナに言語が不自由な異国人。どこまで指示に従ってくれるかが分からなかったが、意外に指示に従ってくれている。

お給料も出るし、働いているという意識がある女性達だからかもしれない。何処かで使用人をする場合は、主人からの命令は絶対だ。

しばらくミハエルの指導が続き、体力が本当に限界だろうという頃合いで、ミハエルは休憩を伝えた。休憩が言い渡されたが、女性達は無駄口一つできないぐらい疲れているようで、床に座り込んでいる。

「思った以上に、指示に従ってくれていますね。給料がいいからでしょうか？」

「そういうこともあるでしょうけど、初日の剣の手合わせが良かったのだと思うわ」

指示が上手く通っている不思議をミハエルに話せば、そう言って肩をすくめられた。

「ああ。ディアーナやアンネ達の実力を知るには丁度良かったかもしれないですね」

あの模擬戦ではディアーナもアンネ達も勝っていた。実力差が分かれば指導者として立っても仕方がないと納得できる材料になりそうだ。そう思うと、私の指導の時が少し憂鬱である。

「何か思い悩んでいるようだけど、イリーナも心証が良くなっていると思うわよ？」

「そうでしょうか？　私、負けましたし」

「この間も言ったけど、イリーナはもっと自信を持って。たとえ負けても、実力が自分達より上なのは全員分かったはずよ。逆に分からないならば、この仕事には向いていないから早めに辞めた方がいいわ」

ミハエルは肩をすくめる。

言われたことを忘れたわけではないし、ミハエルのことは信じているけれど、どうしても自分を信じ切ることができない。

「あー……実力差は分かりませんが、でも体力が私の方があるのは間違いなさそうですね。もっと雪かきを頑張ってもらわないと」

「そういえば体力で思い出したけれど、どうしてイリーナまで私の剣の指導を受けているの？」

「何を言っているんですか？　ディアーナのご指導を受けられる幸運を逃すわけないじゃないですか。有料だからお金を払えと言われたら払いますよ？」

「……いらないわ」

ミハエルは私の力説に呆れたような苦笑を見せた。

でもやるでしょう、普通。たとえ有料でも。だってミハエル様の指導ですよ？

指導員が指導を受けてはいけないとは言われていないので、やらない選択肢はそもそもない。

それに私が同じだけのことをしても倒れないので、女性武官候補達が体力差に気が付いてくれるといいと思う。

本番ではどれだけ疲れても、倒れているようでは、護衛は務まらない。試合ではないのだから全力でやり切って終わりではないのだ。常に余力を残しながら、戦える体力が大切だと思う。

「エミリア王女が視察においでになりました」

ミハエルと話していると、入口で使用人が声を上げる。屍になっていた女性達はそれを聞くと青白い顔で、無理やり体を起こした。

ほどなくしてエミリアが傍仕えと共に中に入ってくる。今日も初日と同じで男性武官の護衛はいない。……何処にいるのだろう？

「気楽になさって。今は休憩中ですし、座って下さって大丈夫ですわ。私のために厳しい訓練に耐えて下さっているのですもの、感謝しております」

部屋に入ってきたエミリアは聖女のような慈悲深そうな笑みを浮かべ、女性武官候補達に労いの言葉をかけながら、言葉を交わしている。王族なのにかなり行動的な方だ。

ぼんやりとその様子を見ていると、エミリアは私達の方へ近づいてきた。

「頭は下げなくていいわ。イリーナもディアーナもご苦労様。ディアーナは剣術の指導もして下さったそうですね。ディアーナをご紹介して下さった王太子殿下にはお礼を伝えなければなりませんね」

副言語で、王太子殿下からの命令で潜入しているんでしょう？　という音が聞こえてくる。

「ディアーナは以前お会いした時より麗しくなっていましたもので、気が付くのに遅れてしまいましたわ」

……あっ、ミハエルだって気が付いたんですね。

その言葉にそろりとうかがい見ていたミハエルの表情が、一瞬だけ無表情になったが、再び微笑(ほほえ)みに変わった。

「ええ。その節はお世話になりましたわ」

「このような特技があったなら、もっと早く知りたかったわ」

周りは剣技のことだと思っただろうが、エミリアが言いたいのは女装についてだろう。そうなんです。ミハエル様は女神でもあらせられるのですと推したいところだが、ミハエルの笑みが引きつっているので止めておく。

「でも王太子殿下も、切り札は必要ですものね。私はまだ異国の者。私がやることを確認しなければならないお立場ですから」

「でしたらこんな急にではなく、輿入(こしい)れして、しっかりと根回しをしてから動かれた方がよかったのではないでしょうか？」

エミリアは本当に言語に不自由を感じているのだろうかと思うぐらいすらすらと話す。それに対して、ミハエルは笑みを止め疲れた顔をした。

まだ王太子妃ではないと彼女も言っていたのだ。それなのになぜ、この時点で女性武官を作ろうとしているのだろう。

「信頼を得るにはそれなりの期間がいると思わないかしら？　私の命を預けるのだもの。人選は自分でしたいわ。それに彼女達は私の我儘に付き合って異国までついてきてくれたの。だから彼女達が望む進路を作るのが主の役目よ」

エミリアは静かな目でアンネ達の方を見た。

そこに宿る強い意志に、彼女は王女で私よりもずっと重いものを背負っているのを感じる。

「後はそうね。この国の人間になる前の方が自分の意見を言いやすいわ。婚姻という契約が終わってこの国の人間になったら、この国の王太子妃として相応しい振る舞いを求められるでしょう？　そうすると、慣例と違うことはやりにくくなるもの。女性武官の制度を作るのは私の譲れない望みよ。だから協力してちょうだい」

「――かしこまりました」

私とミハエルが恭順の姿勢をとると、少しほっとしたように微笑まれた。

「そういえば、この国はこれほど氷龍が出現するのね」

「いいえ。国中で氷龍が大量に出現することはとても珍しい状況ですわ。例年でしたら、イリーナの出身であるカラエフ領のような北部での出現となります」

「そうですね。今年は異常気象が起きる年のようです。カラエフ領では例年より早い秋に、氷龍の討伐があり参加してきましたので」

「えっ？　参加？」

　秋に氷龍が出現したと聞いたら誰だってギョッとするだろう。王女だけではなく、他の人も聞き耳を立てているのが分かる。

「幸い出現したばかりでしたので、体長は小柄で羽も生えていませんでした。そのため領地の者と夫で討伐ができました」

「……イリーナも参加したの？」

「はい。参加しましたけど？」

　最初に言ったつもりだったが、領地の者と夫と言ったせいであやふやに伝わってしまったようだ。確かに私は既にカラエフ領ではなくバーリン領の者だ。

「大丈夫でしたの？」

「はい。慣れていますから。氷龍の討伐の仕方は心得ています」

　そういえば王女は将来的には女性武官が討伐もすることを望んでいたなと思い出し、もしもの時は力になれますと伝えておく。

　どちらかと言うと、私は護衛任務やその指導より討伐をする方が得意だ。

「……そうなのね。ではこの後も頑張って下さいね」

　そう言いエミリアはアンネ達の方に移動していった。彼女達は嬉しそうに頬を緩め、母国語混じりでエミリアと会話を交わしている。

「異国に嫁ぐって大変ですね……」

エミリアを見ていると、ミハエルが同じ国にいてくれてよかったと思う。もしもミハエルが異国人だったら……行くわね。間違いなく国を跨いで、ミハエルの使用人を目指していた自信がある。

「あの。今秋に氷龍が出現したって言いませんでしたか？」

エミリアの後ろ姿をぼんやりと見ていると、カチェリーナが小声で声をかけてきた。

「はい。そうですが？　あっ、ちゃんと討伐は完了しているので、その点は大丈夫ですよ？」

氷龍は放置すると群れとなる。群れになれば討伐の難易度は上がり、その地域は雪に包まれる。そして領地と領地の間に壁があるわけではないのだ。他の領地にも被害は拡大していく。

だから氷龍の出現情報は怖い。

私の言葉に、カチェリーナはほっと息を吐いた。

「実は私の出身地である、ベリャエフ領も氷龍が出やすいんです」

「そうなのですね」

「父は私兵団の団長をやっているから、氷龍の討伐に参加しているんです。それで私は領主様と親戚関係にあったので女性武官に推薦していただけたんですけど。それで、あの。聞きたかったのは秋だと氷龍の瞳は珍しいから高く売れるのですか？　それとも小さいから値が下がるのでしょうか？」

言われて、氷龍の瞳が、金持ちの間で取引されている話を思い出す。カチェリーナは話題が金額についてだったからか、少しだけ気まずそうな顔をした。

「あー……売る前に溶けてしまいますから、今回は下山時に持ち運びもしませんでした」

季節外れなだけあって、氷龍の討伐を終えると、気候が一気に秋に逆戻りしたのだ。秋の気温では氷龍の瞳はそれほどもたない。

気まずくてもわざわざ聞いてきたのだからできるだけ教えてあげたかったが、残念なことに誰一人として売ろうなどと言い出す者はいなかった。一部を飲料として飲んで残りはその場に放置した。

「えっ、嘘(うそ)?! 勿体(もったい)ない」

「勿体なくても無理ですし。それにカラエフ領は立地条件が悪すぎて氷龍の瞳はたまにしか売らないんです」

「たまに?! えっ。折角(せっかく)の冬のご飯代なのに？」

ぎょっとした顔をされたが、これが本当なのだ。

時折父が取引をしているのは知っているが、売る頻度(ひんど)は少ないと思う。

「冬は冬で、カラエフ領は雪が深すぎて移動が困難なので、物理的に難しいんです」

もう少し王都に近いか雪が少なければ売りに出しただろうが、吹雪(ふぶ)く中の移動は無茶だ。

「でも氷龍の瞳は大切な領地の収入源ですよね？　氷龍が多いのにカラエフ領では違うのですか？」

「立地が悪いから、氷龍の瞳にはそれほど重視もしてないと思います」

過去を遡(さかのぼ)るが、その場で飲料にしてしまう確率の方が高い気がする。あれを持って下山するのも大変だし、そこからの移送も考えると放置率が高いような……。

「氷龍の瞳ってそんなに高く取引されているのかしら？」

「私の土地はそうだし、他もそうだと思ったんですけど。ほら、氷龍が出ると国に武官の派遣を頼むじゃないですか。そのお金だって必要だし」

どうやらミハエルも氷龍の瞳の値段は知らないようだ。

確かに武官の派遣を頼むと国がかなり負担はしてくれているが、お金がかかる。その分を氷龍で取れたもので賄(まかな)えればそれは理想ではあるのだろうけれど……。

「そんなに沢山(たくさん)売れますか？　普通の氷より多少溶けにくいらしいけれど、それでも溶けてしまうじゃない？　欲しがる人も少ないような……」

確かに綺麗(きれい)な青色だけれどわずかな期間しか楽しめない金持ちの道楽だ。時間が経(た)てば溶けて水になる。買い手が少ないから、父はそれほど積極的に売りに出さないのだと思っていた。

「私の実家はそれなりの富豪だけれど買ったことはないし、買い取りをしている方がお披露目するような会に呼ばれたこともなかったわ。知り合いの武官の話でそういった取引があることは聞いたことはあるけれど」

この国で王家の次に力を持っているとされるバーリン公爵家が買わないし、披露されたりもしないとなると、買い手は一体誰なのか。

「そうなんですね。うちのお得意先はグリンカ子爵ですよ」

「えっ？　グリンカ子爵？」

出てきた名前にギョッとしてしまう。

グリンカ子爵は父と同じぐらいの年齢なのに、私が十歳になった頃に婚約を申し込んできた幼児趣味な男だ。さらに私の弟にも興味を持つ警戒すべき変態である。

つい最近実家に来ていて、ミハエルが追い払ってくれたが、いいイメージはない。

「王都でも有名な鳩の紋章の輸入雑貨屋をしているあそこです。それ以外でも、ヴォロビヨフ男爵とかペトゥホフ子爵とか……欲しい人は結構いると思うんですけど……」

名前を挙げられたが、あまりピンとこない。過去に色々出稼ぎに出ていたが、その口利きはイザベラ様だ。そのためイザベラ様との付き合いがないところへは出稼ぎに行かなかった。

「確かどれも外国との取引をして商売している家名じゃないかしら？」

「へぇ」

異国との取引の多くは王都だ。王都の方で店を構えたりしていると、やはり田舎なカラエフ領との付き合いはない。

それにしても、こんなところでまたグリンカ子爵の名前を聞くことになるなんて……。私は何やら思案する様子で地面に視線を落とすミハエルをそっとうかがうのだった。

まさか再びグリンカ子爵の名前を聞くことになるとは思わなかった。

グリンカ子爵は秋にカラエフ領で会った時にイーシャに近づかないように脅(おど)した相手だ。了承したが、色々含みを持った話し方をする油断ならない人物である。イーシャについて俺が知らないというような言い方は今思い出してもイラッとする。

ただグリンカ子爵が執着していたのは、イリーナだけでなく、彼女の父親や弟もだ。むしろイリーナの父親であるカラエフ伯爵に特にこだわりがありそうな様子で、正直気持ちが悪かった。何に対してそんなに執着しているのか変態の考えることなど分からないと思っていたけれど、今回氷龍の瞳の購入者として名が挙がっていたことで、以前神形の研究者として挙がっていたのを思い出す。

本当にあの男が執着しているのは、氷龍の出現回数の多いカラエフ領だとしたら……。いや、でもやはりあの会談では、カラエフ領というよりもカラエフ伯爵に執着していたよなと思うと色々情報が足りない。

さらに氷龍の瞳の買い手で挙がる貴族名が異国と繋がりがあることが想定される貴族ばかりだったのも気になる。

今まではそれほど気にも留めなかった貴族だ。爵位が低いので交流もない。そもそも俺は毎年遠征が多い冬の討伐は公爵家の跡取りということで見合わせ、春の討伐から秋まで休みなく働くようにしていたので、氷龍の討伐後に瞳をどうしていたかすら知らない。

そのため女性武官候補達の研修が終わった後、イーシャには先に帰ってもらい、俺は一人討伐部で氷龍関係の書類を読んで、頭の中の整頓をしていた。

「討伐したものに関しては、その土地のものの所有となるのか」

基本討伐した氷の神形はどうこうすることはまずなく、放置である。特に処理をしなくても時間が経てば溶けて消えるからだ。氷龍の瞳の売買は珍しい例だと思う。カラエフ領では飲料にしているというのもこの間初めて知ったぐらいだ。

動物を狩猟した場合の所有の取り決めなど、遠征に出向いた領地でもめないようにするために決められた事項の中に、さらっと神形についても書いてあった。ちなみに遠征中に普通の動物を狩った場合は、その場で食すならば狩をした者の所有となるが、販売行為は禁じられ、売買は土地の所有者との話し合いが必要らしい。

ともかく、武官はお金を貰い討伐をしているので、その土地のものを持ち帰ってはいけないことになっている。そのため武官が氷龍の瞳の売買に関わることはない。それもあって俺はこれまで何処に売られ、どういう用途で使用されているのかを確認してこなかった。

一体氷龍の瞳は何に使われているのか。ただ珍しい宝石として金持ちの道楽とするには、買った人間の偏りが気になる。

しかしたまたま今回挙げられた名前が異国との繋がりがあったため気になったが、最近は異国と関わりがある貴族はそれほど珍しくはない。王が西の国の物をお求めなのだ。だから貿易が増えているし、逆に外貨を得たいがために、南の方の領地では直接小麦粉を売る者もいる。最近は王都で異国人が歩いている姿も見慣れたものだ。

冷静になるとイーシャの件があったために難癖をつけているだけな気分にもなる。氷龍の瞳で人工的に神形が作れるわけでもないのだ。

「雪に埋めたり氷漬けにしたりしても再び氷龍は現れないという実験結果は発表されているしなぁ」

この実験では氷龍を人為的に作り兵器としたかったのだろうが、無理と分かったおかげで氷龍の瞳などの売買は普通の装飾品の扱いと同じになったはずだ。

氷龍関係の資料を読みながら、俺はぐっと伸びをした。気がせいて黙々と読み進めていたので体が強張(こわば)ってしまった。

氷龍の瞳は取引可能となっているだけあって、既に安全であるという研究結果は出ている。氷龍の体は無色又は白いのに対して瞳だけが青い。そのため、昔は氷龍の瞳が本体ではないかと思われていた時代はあった。しかし俺も討伐経験があるので分かるが、氷龍は瞳を壊したぐらいでは止まらない。

抉り取り体から剥がせばまた違うかもしれないが、氷龍は狂暴すぎるので、首を落としてしまった方が早い。

そういえば去年イーシャの助言で、領地で出現し倒した氷龍の瞳を氷室で保存し、雪祭りで氷龍を模した雪の像に実際に埋め込んだなぁと思い出す。あの時も実験の報告書通り、氷像が動くなんて現象は起こらなかった。

神形の研究をしている。氷龍の瞳を定期的に購入している。異国との付き合いがある。並べてみると何か黒いものが隠れていそうな気がするが情報が足りない。これではただの妄想による陰謀論だ。

「氷龍の瞳を購入することで、この国でどれだけ氷龍が出現しているかの把握ができるか？――いや、毎回売るとは限らないから……」

特に氷龍の出現が多いカラエフ領が販売に協力的でなければ、国内の氷龍の出現状況の情報が筒抜けにはならない。

でも……まてよ？　どうしてカラエフ領は売らないんだ？

秋の討伐では、立地的に移送する間に溶けてしまうから売れないというのは分かる。でも雪が深い時期に移送できないならば、氷室で保管して雪が落ち着いた時期に売りに行けるのではないだろうか？　氷室が無理でも、外に放置したところでカラエフ領ならば早々に溶けるとは思えない。

カラエフ伯爵は神形のことについて、俺より……いや、討伐部のどの武官よりも詳しく、独特な見解を持っていた。だからこそカラエフ伯爵が氷龍の瞳を積極的に売らない理由が、イーシャが言う通り立地条件だけなのか直接聞いてみたいところだけれど——。

「冬は手紙が届かないと言っていたからな」

手紙を出したいが、王都から遠い上に、雪が深くて冬の間は届かないとイーシャが言っていた。手紙が紛失するぐらいなら、春まで待った方が早い。でもなぁ。

「あれ？　こっちに出勤していたんですか？」

どう手を付けようかと考えていると、ドアが開きがやがやと部下達が入ってきた。まだ帰ってきたばかりなのだろう。服に水滴が沢山ついている。

「いや。今は王子の依頼をこなし中だから、ここにいるのはたまたまだけど。討伐は終わったんだ」

「ええ。討伐は。でも安心して下さい。ちゃんと報告書は残してあります」

「自分で書けよ」

堂々とそんな報告をするなと思うが、副隊長は笑っている。まったく反省が見られない。

「やだなぁ。余計に仕事を増やしたら悪いじゃないですか。紙もインクもタダじゃないですし」

「……それならカラエフ領までひとっ走りしてきてくれる？」

「はぁ？　唐突に何ですか。ちょっとお使いって距離じゃないし、雪の多い危険地域じゃないですか。嫌です。断固拒否です」

イラッとしたので、ついカラエフ領のことを出してみたが、副隊長には力いっぱい拒否された。まあ、お使いに出すほどのことでもないから、しないけれどさ。

「それも王子の依頼関係なんですか？」

「いや。そこから派生した俺の心配事を解決させるためかな」

「あぁ。カラエフ領は奥さんの実家ですもんね。でもそれは自分自身でお願いします。ところで王子からの依頼はいつまで続くのですか？」

「……さあ。でももうしばらくは続くだろうな」

俺は後何回女装をすることになるのか。絶対部下には見せられない。

というか、王子の依頼をこなさなくても、数日我慢すればイーシャの元に帰れたのか。王子からの依頼のおかげでイーシャが女性武官候補の指導員を請け負ったことをいち早く知れたのだけど、釈然としない。

「見通しがつかないぐらい大変なんですね。頑張って下さい」

俺が少し憂鬱になったのを察して慰めの言葉をくれたが、女装していることまで察されたくない俺は、大きなため息をついたのだった。

雪が降りしきる中、久々にローザヴィ劇場にやってきた私はうつろな目で開演前の舞台を見つめた。

「イリーナ、ここからは舞台がよく見えるわね」

「……そうですね」

隣に座るエミリアはまったく気負うことなく、楽しそうで何よりだ。

私達が今座っている場所はローザヴィ劇場の貴族席の中でも舞台を正面から見られる特等席——つまりは王族が座るロイヤル席だ。そんな本来ならば死ぬまで自分が座ることなどない場所に招待された私は、正直目眩（めまい）を起こして倒れてしまいそうな気分だ。もちろん気分だけで、人一倍丈夫な私がこの程度で気を失えるはずがない。たまに頑丈な自分の体が憎くなる。

なぜエミリアと隣り合わせでこんな恐れ多い席に座っているのかといえば、王女であり王太子殿下の婚約者である彼女に、一緒に舞台を見ようと誘われたからである。できるならば精神衛生的に護衛として連れてきてもらいたかったが、次期公爵夫人を護衛にできるはずがないと友人として招待された。

元『女性騎士』の三人、それにミハエルは女性武官の制服を纏い、個室状態である王族席の中で私達の後ろを守るように立っている。そして男性武官は個室外から守るように配置されていた。

王宮では女性武官候補の帯刀は許されていないが、今日は外出のため安全を考慮し、私と王女、それと傍仕え以外全員帯刀している。

「そういえば王女の護衛をしている男性の武官は、女性武官の演習の時はどうしているのですか？」

王宮の中とはいえ、自室ではない場所で帯刀している護衛が近くにいないのは危険ではないのだろうか？　あまり王族や貴賓の警護に詳しくないので私もよく分かっていないけれど。

「今みたいに建物の外を守ってもらっているわ。ずっと監視されては息苦しいじゃない？」

「えっ。監視ですか？　えっと、護衛ですよね？」

まったく見ないので不思議だったが、まさかこの寒い中、建物の外の警備をしていたとは……。それは本当にご苦労様だ。想像するだけで、武官達の声にならない悲鳴が聞こえてくる。

まつげも凍り付くこの時期に外での警護は本当に辛いものだ。

とはいえ、私がそれを言えば王族批判になってしまうので心の中で同情する。

「ええ。私を壊れ物のように守ると同時に、外へ逃がさないようにするための人ね」

「えっ?」

エミリアの言葉に棘(とげ)を感じギョッとする。

しかしそんな私にエミリアはニコリと笑った。

「冗談よ。でも彼らの主人は王子で私ではないの。だからか私の国のやり方を片っ端から否定するのよ?　バレエ鑑賞ぐらい肩の力を抜いて、信頼できる相手と見たいわ」

冗談と言いつつも、エミリアはこの国の男性の武官をまったく信頼していないようだった。できるならば排除したいという意思がひしひしと伝わる。もしかして建物の外で警備をさせているのは、嫌がらせ?　……エミリアと武官の関係は一体どうなっているのだろう。

春にミハエルがエミリアの護衛をしていた時はもう少し距離が近かった気がするけれど。

「私の護衛のことはそれぐらいにして、イリーナは女性武官候補を数日間指導してどう思ったかしら?　正直に答えてちょうだい?」

エミリアは真剣な顔をした。初めての試みのため、色々心配なのだろう。

とはいえいくらなんでも短すぎてまだ結果など出ない段階だ。

「まだ判断するには早すぎると思います」

「そうね。それでも私が結婚する夏までには、女性武官の制度を作れるかの判断が必要なの。もしもやるだけ無駄なようなら、私についてきてくれた女性騎士を特例として護衛職とする根

回しが必要でしょう？」

やるだけ無駄。

それはエミリアの言葉なのか、それとも別の誰かからの言葉なのか。ピリリと怒りのようなものがにじみ出ている気がするので、後者な気がする。もしかして男性武官を遠ざけ、彼らが拒めない任務として嫌がらせをしているのはその影響だろうか？

分からないけれど、彼女の怒りと母国から連れてきた彼女達を騎士に近い形で雇用したいという強い思いは伝わる。

「おままごとと言われても、おままごとをしたこともない殿方に、おままごとの重要性など分かりはしませんし。イリーナはどう思っているかしら？」

……おままごとと言われたんですね。

王女というのは矢面に立たねばならないので大変だ。それでも諦める気がないのは表情を見れば分かる。

「同じ言葉の繰り返しになりますが、判断するには早すぎると思います。女性武官候補者達に足りないものは多いと思います。しかしそもそも護衛というものは、エミリア王女との信頼関係の上で成り立つのではないでしょうか？　少なくともおままごとと言う相手には護衛されたくありませんね」

エミリアが嫌がらせをしていることには賛同はできないが、信頼関係を築こうという歩み寄りの努力が見られない男性武官にも問題はある気がする。

　エミリアだって自分が納得した相手に命を預けたいだろう。護衛対象の行為をただ批判し馬鹿にする相手は護衛向きではない。もちろん彼女を危険にさらすことはできないのでその上での発言かもしれないが、信頼が崩れれば安全も崩れる。もっと言葉を尽くすべきだ。

「そうよね。慣例しか言えない頭の固い部外者は黙っていて欲しいものだわ」

「ただし、現状はまだまだ足りないことだらけです。男性武官の護衛は必要だと思います。少なくても、エミリア王女をおんぶして走れるだけの力と体力を身につけるまでは」

「えっ？　おんぶ？」

「お姫様抱っこよりは力が要りませんから。一人がおんぶし、一人が背中、一人が前を守り逃走すれば最悪の事態は避けられます。おんぶして逃げ切ることができれば、多少技術が足りなくても守り切れます」

　護衛する上で大切なのはとにかく護衛対象を守り切ることだ。

　敵を倒し捕らえられれば最上の結果だが、護衛対象を守れなければ意味がない。そうなると、逃げるだけの体力は最低限必要なのだ。

「だから雪かきで体力作りをしているのね」

「はい。雪がなければ走り込みをするのですけど。後は、乗馬訓練も今後必要ですね。できるなら馬にはとっさに鞍なしでも乗りこなせるようにした方がいいと思います。そのほか、何か女性でも使いやすい武器はないか考えています。例えば目つぶしができれば、その隙に逃げやすくなりますし」

もしもの時に使える手はいくつも持っていた方がいい。昔、私兵団団長のレフに靴底にナイフを入れておけと言われたのが、数年後実際に役立つことになった。備えというのは大切だ。

「……色々考えてくれているのね。そういえば、イリーナはこの中で一番体力があるみたいね。雪かきがとても早いと聞いたわ」

「慣れですね。雪しかないような領地出身ですから」

雪かきが早いと皆に言われるけれど、そんなに早いだろうか？　最近よく聞く言葉に内心首を傾げる。

「イリーナの出身地の者は皆貴方ぐらい体力があるの？」

「領地で雪かきをしていた時は周りと比べてもいたって普通だったので、皆同じぐらいあると思いますが……。そういえば、バーリン公爵もカラエフ領出身の者は武が強いと言っていました」

「武が強い……ね」

結局は雪かきするための体力が皆あるから、そんな風に言われたのだろう。

そんな話をしていると、開演のブザーが鳴ったので私達は喋るのを止めて舞台に集中する。

演目は以前私も踊った、建国神話だ。着ぐるみが人間をやめた動きで踊り狂っている。相変わらず凄い。

すべてが終わると、エミリアは立ち上がり拍手をしていた。私もそれにならい、立ち上がって拍手を送る。

「この国のバレエはとても素晴らしいわ」

頬を赤らめながら、満面の笑みの様子を見れば大満足なのが分かる。わたしも真正面の特等席から見ることができて色々圧倒された。

「是非出演者とお話をしたいわ」

さあ、しっかり見るものも見たし帰ろうかと思えば、エミリアが出演者に挨拶をすると言い出した。王族の激励など、ありがたすぎて胃が痛くなりそうだなぁと思うが、それでも誇らしいことだろう。

ただその席に私が同席していなければ。

あれよあれよと案内された貴賓室でエミリアの隣に座った私は場違い感に若干涙目だ。貴賓室に入ってきたのは、劇場支配人であるニキータと、主演をしていたゾーヤ、そして飾りのついたマスクで顔の上半分を隠している男だ。

「初めてお目にかかります。劇場支配人のニキータと申します。こちらが主演を務めていましたゾーヤ、そして彼が神形の着ぐるみを着て踊っていたボリスラフです。ボリスラフは顔にやけどを負っているため無作法ですがマスクをつけて面会をさせていただきたく存じます」

「ええ。許しますわ。顔を上げて下さる？　無理を言ってしまってごめんなさいね。とても素晴らしい演技だったもので、直接伝えたかったの」

顔を上げた彼らは私の方を見て、一瞬だけ目を見開き、さらにニキータさんは私の後ろにも目を何度かやっていた。私の後ろには現在女装したミハエルが立っている。たぶんニキータさんは気が付いたのだろう。真面目(まじめ)な顔をしているようで、口元が微妙ににやけている。

「プリマの踊りはとにかく美しかったわ。指先までとても綺麗で、ほれぼれしてしまったわ――」

エミリアはこういう芸術が好きらしい。とにかく語り始めたら止まらなかった。とにかく褒(ほ)める。細かいところまで褒める。それを美しく微笑みながら聞くゾーヤの心臓が強い。私ならば、ここまで褒められたら挙動不審になり、逃げだしていただろう。ボリスラフはゾーヤと違いマスクから見える目が泳ぎ、膝(ひざ)の上に置かれた手がそわそわ動いていた。居心地が悪そうで、とても親近感が湧(わ)く。

「――ああ。ごめんなさいね。少し一方的に話しすぎてしまいましたわ」

「いいえ。喜んでいただけて、とても嬉しかったです」

「私も自分の踊りで笑顔になっていただけたのならば、頑張ったかいがあります」

ボリスラフの目は泳いでいたが、流石(さすが)舞台で長年踊っているだけあって度胸がある。凄いなぁと思いながら彼らの対談を他人事のように見ていた。

「――イリーナも雪深い地域出身なのよね？」

「えっ。はい。そうです」

少々ぼんやりしすぎてしまった。唐突に話を振られて慌てる。

えっ？　誰と同じ？

「彼女もボリスラフのようにとても体力があるのよ。練習したら踊れるかもしれないわ」

会話の流れから、どうやらボリスラフも雪深い地域出身なのだということが分かった。ただ、たとえ冗談でも私も踊れるかもしれないというのは、現役のダンサーに言うべき言葉ではないだろう。彼らはこの作品を成功させるために血のにじむような努力をしてきているのだ。

しかし三人の目にあるのは、怒りではなく、そうですよねという納得の光だった。うん。そうですよね。踊りましたもんね、実際に。

生ぬるい空気が流れている。

「ほほほほほ。御冗談を」

「あら？　そうかしら？　いい線行くと思うのだけど。だってイリーナは、とても体幹がいいし、体も柔らかいの。それに氷龍の討伐にも参加しているぐらい強いのよ。まあ強さはダンスには関係ないかもしれないけれど、それだけ体力があるということだわ。ボリスラフは氷龍の討伐には参加したことはあるかしら？」

「ええ。そうですね。私の地域も氷龍の出現が多いので。といっても氷龍の討伐に参加したのは一度だけです。一度参加したらとても怖くなって、それ以来もっと小型の神形の討伐だけしか参加できなくなりました」

確かに氷龍は大きく恐ろしい。怪我などをするとトラウマになり参加できなくなることもある。

でも討伐に参加しないと判断するのも勇気だ。一人が動けなくなるだけで命取りになることだってあるのだ。

「そのうち領地にいづらくなって、王都に出てバレエをやるようになったんです」

「……あれ？　だとすると氷龍の討伐に参加したのは、かなり若い頃ですか？」

バレエをやるにはバレエ学校に通って試験を突破しなければいけない。となると、かなり早めにバレエダンサーを目指す決意をしなければならなくなるので、それより前に討伐に参加したとなるとかなり若い頃の話ではないだろうか？

「ええ。……討伐に参加できる人間が少なくて未成年でしたが参加したんです。イリーナ様の出身地でもそういうことはありませんか？」

「そうですね。カラエフ領もそんな感じです」

私も未成年の時から氷龍の討伐に参加した。できる者がやらなければいけない、そういう土地だから仕方がない。

「ああ。雪深いとお伺いしましたが、イリーナ様のご出身はカラエフ領だったんですね」

「知っているのですか?」

「はい。親戚にカラエフ領出身の者がいますので」

氷龍の討伐参加の話や、カラエフ領に親戚がいるという話から、何となくボリスラフに親近感を覚えた。同じように着ぐるみでバレエを踊ったからかもしれないし、体力があるのが私と同じだとエミリアが言ったからかもしれない。

とにかく色々な類似点が彼にはあった。

「是非、イリーナ様と一度じっくり話をしたいです」

「えっと……」

ボリスラフは真っ直ぐ私を見つめた。

本来ならば、次期公爵夫人に対してあり得ない無作法だ。私が話したいと言う分には問題がないが、彼の方から言うのはよくない。個人的にはカラエフ領に知り合いがいるのならば話してみたいなとは思ったが、いきなりお誘いされるとは思わなかった。

これは、どう対処するのが正解?

私の背後から冷気を感じるのは気のせいだろうか?

「失礼いたしました。ボリスラフは長らく実家に帰れず、同郷に近いイリーナ様になつかしさを感じてしまったのでしょう。もしよろしければ、旦那様と共にまた遊びに来て下さいませんか? 招待状を送らせていただきますので」

「貴方はイリーナの夫のことを知っているの？」

「はい。ミハエル様とは知り合いでして、時折公演を見ては話しに来て下さるのです」

私がおろおろしていると、ニキータさんが助け舟を出してくれた。

それにしても招待状まで送るということは、もしかして私達に何か伝えたいことがあるのかもしれない。

この誘い方がかなり無作法だと、長年踊っているボリスラフならば分かっていたはずだ。

「ありがとうございます」

よく分からないことが多いが、私はとりあえず御礼だけを伝えた。

「お疲れ様」

「今日はバレエをエミリア王女と見に行っただけですよ？」

朝の雪かきだけはしたが、その後鍛練は休みとなり、ローザヴィ劇場に行くための支度をした。しかも支度をしたといっても、私はオリガに着飾られただけなので、特に何かしたわけではない。傍(はた)から見たら遊んでいたと思われても仕方がない内容だ。

しかしミハエルは少し心配そうな顔で私を見つめる。顔に出さないようにはしていたつもりだけれど、くたびれた感が出てしまったらしい。

「王女の前で貴族らしくしているのはとても疲れただろう？　何に疲れるかは人それぞれ違うのだから、家に帰ってまで無理をせず、俺に甘えてくれればいいんだよ？」

「……私、大丈夫でした？」

「大丈夫に決まっているさ。今日のイーシャはとても素敵な、次期公爵夫人だったよ」

ミハエルにエスコートされ、私はソファーに腰かけた。ミハエルは私の自信のなさからくる不安を一瞬で吹き飛ばす。

「美しく着飾ったイーシャも素敵だったけど、女性武官の恰好(かっこう)をして指示を出す凛々(りり)しくも生き生きとしたイーシャも大好きだよ。だから貴族然とした立ち振る舞いをするのが苦手なのは分かっているつもりだ。俺のためにいつもありがとう」

普通ならば次期公爵夫人としての姿を本当の姿としなければいけないのに、ミハエルは優しくて、そのままの私を丸ごと許してくれる。欲しい言葉を沢山与えられて胸がいっぱいだ。

婚約する前から、遠くから眺めるだけで幸せになるぐらい好きだったけれど、結婚してとても近い距離で関われるようになってもっと好きになった。

「ちょっと失礼するね」

　そう言うや否や、私の隣に座っていたミハエルは、ごろりとその頭を私の太ももに乗せた。

……ああああああ?!

「ミ、ミーシャッ?!」

「イーシャは俺が甘えた方が嬉しいでしょ？」

　甘えるのはあまり得意ではない。それが分かっているからだろう。ミハエルは私に甘える形で私を甘やかす。

　私はあまりの尊い状況にぴしりと固まる。

「えっ。いや、えっと」

「そういえば、今日はまさかニキータさんに会うことになるとは思わなかったから驚いたね」

　私が恥ずかしさから断ってしまう前に、ミハエルは別の話題を持ち出した。……ミハエルを膝枕できるなんて、ものすごいご褒美だ。私はミハエルが至近距離にいるとドキドキしてしまうけれど、ふわふわの銀色に輝く髪をなでるのは好きだ。

　だから私はこのままミハエルに誤魔化されることにして、髪をなでで癒される。

「そうですね。ニキータさんはミーシャの女装に気が付いていましたよね」

「あー、やっぱりそう思う？　最悪だ。絶対からかわれる」

　ミハエルは落ち込んだ顔をした。とても似合っていたけれど、女装を見られたのが相当嫌だったようだ。

「でもボリスラフとイーシャを二人っきりになんてできないから絶対行くけどね。イーシャ、絶対俺以外の男と二人っきりになっては駄目だからね。男は狼だからね」

結婚している身分の高い女性に手を出すなんて、かなり面倒な性癖の人だ。そんな人はそうそういないと思うけれど、ミハエルが気にするなら男性と二人っきりにはならないようにするのに問題はない。

「ミーシャは、行かないでとは言わないのですね？」

「うー。行って欲しくないけれど、イーシャの行動制限は極力したくないし、それにニキータさんの様子から話は聞いておいた方がいい気がして。王族も利用する劇場だからね。ボリスラフが普段から無作法をするとは思えない」

普段はしないのならば、そこには理由がある。

ミハエルの言葉に私も頷く。ニキータさんは私の父と母の知り合いで、私にも良くしてくれる。あの流れからすると、私とミハエルに何かを伝えたいのだろう。

「でも会いたくないなぁ……」

「とても似合っていましたよ？」

「そりゃ似合うよ。似合うようにしているから」

「バーリン領ではノリノリで女装をしていたけれど、好きではないのですか？」

かつてミハエルがバーリン領で女装した時は、あまりにノリノリな上に似合いすぎて、ミハエルには女装願望があると勘違いしたぐらいだ。あの女装は、ミハエル男色家説をより一層思い込む原因になっていたと思う。

「自分からやって周りの反応を楽しむのと、仕事で強制されるのでは心構えが違うんだよ」

げっそりといった表情に、私は苦笑しながら髪の毛を手で梳く。

「そうですか。でもいけない扉を開いてしまいそうなぐらい似合っていましたから、あまりに似合いすぎるとからかいにくいかもしれませんよ？」

化粧をしたミハエルは、凛とした雰囲気の姫騎士で、女性よりも女性らしく本当に美しい。しかしミハエルの表情は微妙だ。もしかしたら鏡を見ていないのだろうか？

「本当ですよ？　女装をしたミーシャは、中性的な雰囲気も相まって倒錯的で、まるで女神様のようで――」

女装姿を思い出すだけで、その美しさにほうとため息をつきたくなる。一体どんな言葉を選んだら、あの神々しいまでの美しさを表現できるのかと考えながら話していると、柔らかいものが口が塞がれた。

何か理解する前に離れたが、ミハエルの顔の位置で何が口を塞いだのかを察し、私の顔は一気に火照った。

「ミ、ミ、ミーシャ?!」

「俺のことを女神のようだと褒めてくれるのはいいけれど、女神はイーシャの方だと思うよ。

凛としていてというのは、そのままイーシャだよ。守られるだけではない、自分の足で立つ姿はとても眩しい。イーシャは灰色の瞳が好きではないようだけど、光に当たると銀のような色味に見えるそれは、魔を寄せ付けない神聖なものに見える。でもイーシャの美しさは見た目だけじゃなく、その強さに――」

「あああああ、あの。褒めすぎです！　もう十分です」

「やだなぁ。まだまだ足りないよ。それに止めて欲しいなら、俺がやったようにね？」

にこりと唇を指さし笑うミハエルは小悪魔だ。

上手く言葉が出ずうろたえる私に、彼はにやりと笑みを深めた。

「イーシャの強さは決して筋肉の強さとかじゃない。もちろん引き締まったこの体も好きだけれどね。すべてがとても愛おしい。体に残る傷は星だ。イリーナを作ってきた輝き。そうイーシャの本当の美しさは、心なんだよ。どんな時でも諦めずに戦う姿はまさに女神――」

私は褒め続ける口に自分の唇を一瞬だけ押し付けた。

するとミハエルはとても嬉しそうに笑い唇を舐める。その艶めかしさに、恥ずかしくて死にそうだ。恥ずかしい言葉を止めたのに、やっぱり恥ずかしいってどういうことなのか。私は真っ赤になっている自分の顔をこれ以上見られないように手で押さえた。しかしミハエルはその腕を掴んでそっと剥がす。

「真っ赤な顔も可愛くておいしそうだ。イーシャは俺の女装が似合っていると言うけれど、同性だったら君を独り占めできなかったからね。男に生まれて良かった――」

私は恥ずかしいことばかり言うミハエルの顔にソファーに置いてあったクッションを押し付ける。

「もう十分です」

「酷いなぁ。口を塞ぎたいならキスで塞いでよ」

「は、は、破廉恥です」

クッションをどかしたミハエルは少し拗ねたような顔をしながらも、楽しそうだ。私はもういっぱいいっぱいだというのに。

「ミーシャ。こんな場所でその……あの……。とにかく、使用人の方々も居心地が悪いと思います。やりすぎはよくないのではないでしょうか？」

こういうのは寝室のベッドでというか……。いや、それを言うのもどうなの？　直接こんなことを言ったら期待しているように聞こえてしまうし。

「安心して、イーシャ。皆、見ていないから」

「見ていないって」

そんなはずないと使用人を見渡せば、仕事のできる彼らは、ちゃんと明後日の方を向いてくれていた。でもそれは分かってやっているということで……止めて。余計に恥ずかしい。

「使用人じゃなくて、俺を見てよ」

そう言いながら、ミハエルに再びキスをされた私の中からは疲れたという感情は消え去っていた。

翌日、ミハエルセラピーはよく効くけれど、私が恥ずか死ぬ劇薬であると心に刻んだ。

ニキータさんからの招待状は、彼らに会った翌日には届いた。とはいえ、仕事はほっぽり出せないので、休みの日にミハエルと一緒にローザヴィ劇場へと向かう。エミリアと行った時は緊張しっぱなしだったが、今日はミハエルと二人だけなので、気分的にはとても楽だ。

馬車で玄関付けして、受付に声をかければ、すぐに案内された。場所はお客様用の貴賓室ではなく、ニキータさんの部屋のようだ。次期公爵と次期公爵夫人という立場というより、個人的な交遊という形の招待らしい。

「やあ、来てくれてありがとう。どうぞこちらに」

部屋の中には、ニキータさんと前回とは別のシンプルな仮面をかぶったボリスラフがいた。勧められるまま私達は椅子に座る。

「実はゾーヤもイリーナに会いたがっているんだ。後で声をかけるから時間を貰えるかい？」

「構いませんが、今日はどういったお話だったのでしょう？　まさか妻を口説くわけではないよね？」

それはないと私もミハエルも思っている。

あえてゾーヤは別の時間にということは、あまり人に聞かれたくない話をするつもりなのだろう。でもなぜという気持ちが大きい。私はボリスラフとはほとんど面識がない。

私がローザヴィ劇場で踊ったのはボリスラフが怪我をしたからだ。そのため一緒に練習したことはないし、その後交遊があったわけでもない。先日の踊りを見た限り怪我は完璧に完治しているようだから、再度彼の代わりに踊るのを頼まれることはないと思うけれど……。

「結婚し仲睦まじい二人の仲に割り込むような恐れ多い考えは神に誓ってもございません。ただ……私がイリーナ様に確認をしたいことがあり、ニキータにこの場を設けてもらいました」

ミハエルの言葉を慌てたようにボリスラフが否定した。顔の半分が隠れてしまっているので顔の表情は分かりにくいが、声が裏返りかなり慌てているのが分かる。

……よく考えれば、ニキータさんにとってミハエルは教え子なイメージが強いが、ボリスラフにとっては次期公爵である。私が王族と会話するようなものだろう。……大変だ。ボリスラフの胃に穴が空いてしまう。

「あ、あの。ミーシャも冗談なので大丈夫ですよ？」

「……冗談？」

「うん。もちろん冗談だよ？」

隣に座るミハエルの笑みが怖すぎて、ボリスラフが流石に可哀想だ。

「そ、そういえば、エミリア王女とバレエを見せていただきましたが、やっぱりすごい身体能力ですよね？　毎日どんな筋トレをしているのですか？」

話題を変えなければと私は、ボリスラフの筋トレを確認した。

「イーシャ、流石にバレエの感想にまで嫉妬はしないから、普通に感想を伝えてくれていいんだよ？」

「……えっ。筋トレ気になりませんでしたか？」

大真面目に質問したつもりだったが、ミハエルが凄く複雑そうな顔で私の肩を叩いた。

「あの、本当に凄い身体能力だと思ったんですけど……」

「あっ。うん。イーシャが聞きたいのならいいんだ」

「ボリスラフ、答えてあげなさい」

三人からとても残念そうな視線を貰うのが解せない。

「特に特殊な筋トレはしていないです。バレエに必要な筋肉は腹筋や背筋、内もも、後は足の裏とか足の指です。もちろん腕の振りを美しくキープしたり、リフトするだけの筋肉は必要だけど、柔軟性のある筋肉であることも大切なので」

「へぇ……」

凄い身体能力だと思ったけれど、戦うための筋肉とはまた違うようだ。確かに柔軟性がなければ踊れない。

教えてもらった筋トレをふむふむと聞くが、それを聞いてどうするつもりなのかというミハエルの訝しむような視線を感じる。バレリーナを目指しているわけではないが、覚えておいて損はない。

柔軟性があれば怪我が減るし、女性の体は男性よりも柔らかいので、いいところを取り入れていくのは大切だと思う。

「イリーナ様は着ぐるみを着て踊るのはどうだったでしょうか？」

「えっと。緊張はしましたが、着ぐるみで隔たれて視界が悪いので、普通に踊るよりは幾分かマシだったとは思います」

大勢に見られながら踊ったのは初めてだ。緊張しかなかった。それでも直接見られていないというのは、自分ではないものになっているようで、気分的には楽だったのだと思う。

しかし私の答えは求められたものではないのか、微妙な沈黙が落ちた。

「えっと、いや。その……」

「これは質問の仕方が悪いね。申し訳ない。ボリスラフは着ぐるみを着ると重さなどで大変だったのではないかと聞きたかったんだ。どうしても視界が悪い上に負荷が大きくなるからね」

ああ。なるほど。

そういえば着ぐるみを着て私が踊った理由は、現在いる団員では踊れなかったからだった。普通は身体的な問題がかなりある踊りなのだ。私も舞台を見ている時は人間をやめた動きだなと思っている。

「そうですね。かなり大変だったので簡略化してもらいましたが、練習時間がしっかり取れればやってやれなくはないとは思いました」

「私と同じ動きが？」

「はい。本職ではないので多少の見劣りはするでしょうが、踊り自体は真似られるのではないでしょうか？　練習次第で私でなくてもできると思います」

もしかしたらボリスラフがまた怪我をした時の代わりを育てたいと考えているのかもしれない。あの時は偶然私がいたから何とかなったが、そんな偶然はまずない。だとしたら、ボリスラフが怪我をしてからではなく、今のうちに育てておくべきだ。

「やっぱりボリスラフの代わりに踊れる人は必須だね。バレエは怪我が付き物だし、ボリスラフはこれまでにも火災に巻き込まれて大怪我を負って死にかけたことがあるからなぁ。イーシャは大きな怪我や病気はしたことはないかい？」

「特にないですね」

「えっ？」

私は丈夫なので、基本怪我も病気もない。そう思い答えたのだが、私の隣でミハエルが戸惑うような顔をしたので首を傾げる？

「もしかして、私が覚えていないぐらい幼い頃に何か怪我や病気をしたと父から聞きました？」

「いやいや。そんなに前じゃなくて、去年の冬に死にかけたよね？」

「「えっ？」」

去年というあまりに近い話に、ニキータとボリスラフも驚きの声を上げたが、私まで驚きの声を上げてしまったため、凄く微妙な目線が私の方を向いた。

いや。でも。死にかけた記憶がないのだけど……。

「はっ?! もしかして、ミハエル様の婚約が決まったことを知って驚きで心臓が止まりかけた話でしょうか？」

「そんなわけがないだろう?! そうじゃなくて、色々な手違いで、イーシャは凍死しかけたじゃないか。出血している上に、低体温になっていて、本当に危なかったんだからね」

……あっ。

そういえば、そんなこともあった。少しだけ寝たら体調が戻ったので死にかけたという認識を持っていなかった。

「イリーナ?」

「ああ、えっと。そういえば、そんなことも。でも、すぐに体調も良くなりましたし、頭の怪我の傷も残っていないので」

「頭の怪我だって?!」

「ほ、本当に大したことでは……」

心配してくれているからだろうが、ニキータさんからの視線が痛い。なぜと問い詰められても、事故として処理されているので言えないことの多い話題だ。

「イーシャ、低体温も頭の怪我も大したことだからね? 終わったことを言っても仕方がないけれど、ちゃんと自分の体を大事にしないと駄目だよ」

していますと言いたいが、つい先ほどまで死にかけたという認識すらなかったので説得力はない。ミハエルが大袈裟(おおげさ)なだけと言いたくても、確かに事故当時は死を覚悟した記憶もある。あそこで助け出され適切な処置がなければ死んでいた。

「あー……えっと、それで、私に、どういう用事でしたか?」

三人からの視線が色々痛いので、私は世間話を終わらせ、本題に入って欲しいと問いかけた。するとボリスラフがニキータさんに目をやる。その視線を受けたニキータさんは真剣な表情で頷いた。

「俺達バレエをやっている人間は、北部出身者が結構います。北の人間は身体能力が比較的高いですし、食い扶持が足りなくて王都を目指す者が多いので」

「ああ……」

この話が何処に終着するかは分からないが、ミハエルよりも私の方がよく分かる話だ。同じく北部に位置するカラエフ領もまた、生きていくには過酷な土地だからだ。そして王都のバレエを目指すのは、移動制限に引っかからないようにするためである。

本当ならば南部に移動したいと思う農民は多いが、それをしてしまうと北部の人間がいなくなる。そして北部の人間がいなくなると、氷龍などの神形の討伐が疎かになってしまうので、領主からの許可がない移動は国の法で禁じられている。

ただしバレエに関しては国が主導で行っており、適性がある者は積極的に受け入れていた。もちろん狭き門であり、とても厳しいが、勝ち残れば王都での居住権が得られる。

「そんな北部出身者の間では神形を研究している貴族が、氷龍の出現が多い土地を得ようとしているという噂があります。そしてその土地を得て、神形の研究をしたいと」

「えっ……」

つい最近、カラエフ領でも聞いた内容だ。

だからこそ現実味があり、さっと血の気が引く。

私は神形の研究についての話を知っているミハエルをとっさに見た。ミハエルは考え込むような表情をしている。ミハエルはこの研究の話はまだ何も決まっていないと言った。でも……

神形は氷の神形だけではない。王都にだって水の神形が沢山出る。王都でも研究所を置き研究する予定なのだろうか？　それとも氷の神形が出る地域ばかりを対象にするのだろうか？

「そして今年の異常な雪は、その誘いに乗り、研究のためにわざと氷龍を出現させた土地があるからだという噂があります」

父は、今年は雪が深くなると言っていた。

実際に秋に氷龍が出るほどの異常は見られた。これは偶然？　それとも誰かが仕組んでいる？

分からないことだらけだ。

「私は故郷を出た人間ですが、故郷には沢山の友人や兄弟がいます。彼らを危険にさらしたくありません。しかし私の出身地でも氷龍による災害を知らない世代は、研究所を誘致して金銭を得た方がいいという意見が出ています。俺からしたら馬鹿な意見だと思います。でも王都へ逃げた俺は馬鹿なことをしてでも、少しでも裕福になりたいと思う奴らの気持ちも分かります。そして俺達逃げた奴の意見は……」

実際に苦しんでいる者は、そうではない場所から正論を述べられても誰も聞く耳など持たないだろう。

「ですから、お願いします。どうかカラエフ伯爵に、誘致には乗らないよう伝えて下さい。そしてできるなら、近隣の領地にもお声がけをしていただきたいのです。きっとカラエフ伯爵からの言葉ならば耳を傾けてくれるはずです」

「お話は分かりました。手紙を書き父に伝えることもできます。ただこの雪の中ではカラエフ領に手紙は届かないので、この冬を越えてからになります」

「……それでも、お願いします」

ボリスラフは伯爵という地位に夢を持っていそうだが、ほぼほぼ領地に引きこもっている父だ。父が話しても周りの領主が耳を傾けるか分からない。それでも私から父にお願いすることはできる。

「前にも少し話しましたが、俺は一度だけ氷龍の討伐に出ました。十二歳の時です」

「十二……」

ミハエルが呆然とし繰り返すように呟いた。バーリン領ではあり得ない年齢なのだろう。

「十一歳の時の災害で討伐に出られる大人が減ってしまったので仕方がなくです。でもその一回で俺は使い物にならなくなりました。……氷龍は増やして研究などしていられるような生易しいものではないんです」

ボリスラフの言葉はとても重い体験談だ。

私は運よく周りの大人が適切に導いてくれたので、今も討伐ができる。でもなんの覚悟も技術も知恵もなく氷龍の前に連れられたら、二度と討伐ができなくなるだろう。力の弱い子供ならばなおさらだ。

「実は秋にカラエフ領に帰った時、カラエフ領にも誘致の誘いを持ってきた貴族がいました」

「えっ」

今すぐにできることはほぼない。だから少しでも安心できないかと、私は領地に帰った時の話をした。

「でも父は何があろうと断ると言っていたので、カラエフ領は大丈夫です」

「へえ。あのイヴァンも領地ではちゃんと領主をしているんだね」

ニキータさんの話し方は若干失礼だけれど、事実あの気の弱い父がちゃんと断っているのは奇跡に近い気もする。いや、私が幼い頃に打診された求婚も断ってくれているので、奇跡だけではなく、必要な時にはちゃんと断れる人ということなのだろう。

「そうですね。まあ結局領地からグリンカ子爵を追い出したのはミーシャなのですが」

「えっ？　グリンカ子爵はまだイヴァンに付きまとっているのかい⁈」

「グリンカ子爵を知っているのですか？」

まだって、もしかしてニキータさんは私が幼い頃に結婚を申し込まれていたことを知っているのだろうか？

「ああ。イヴァンが王都にいた頃からね。イヴァンはグリンカ子爵と学校が同じだったそうだ。そしてイヴァンは押しが弱いから、迷惑をしていても強く言えなくて、カラエフ領に行くまで付きまとわれていたんだ。まさかカラエフ領にまで出没するとは」

「うわぁ……」

　まさかのそれより前から付きまとわれていたとは。色々怖い。

「よくここにも来ていたよ。しかもバレリーナもバレリーノも無視して、金の力で裏方のイヴァンが貴賓室に呼ばれて半泣きになっていたな」

　なんという迷惑行為。

　主役を無視して裏方を呼びだすとか、仕事現場での父の立場も酷い状況になりそうだ。流石に同情する。

「えっと……父は周りの方と上手くやっていたのでしょうか？」

「ああ。大丈夫。大丈夫。皆、イヴァンをグリンカ子爵対応専任者だと思っていたから。グリンカ子爵は色々アレだけれど、金払いはよかったんだよね。だから自分が呼ばれなくて良かったと思って、逆に優しくなっていたぐらいだよ」

　カラッカラッと笑いながら重くならないようにニキータさんは話してくれるがげっそりしてしまう。……グリンカ子爵、一体どれだけ嫌われているのか。

　確かに気持ち悪かったけれど。

　そして笑い終わると、ニキータさんは真剣な顔をして私とミハエルを見た。その様子に、私とミハエルの背筋が伸びる。

「無理に呼び出してしまって申し訳ないと思っているけれど、俺はイリーナの保護者の一人だと思っている。その上でボリスラフから、自分の故郷に研究施設を建てる誘致がきていることを相談された時、俺はミハエルと結婚したイリーナが心配になったんだ。ミハエルはこの結婚に何の思惑もないよな？」

「……それは俺が武官で、討伐部に所属しているからですか？」

「待って下さい。ミーシャは私を利用しようとなんかしていません」

この結婚に何らかの思惑はなかったのか。

結婚する前ならそれぐらいの裏がなければ私がミハエルに選ばれることなどないと思っただろう。でもミハエルは言葉でも態度でも私のことを愛しているのだと伝え、大切にしてくれている。

「俺もミハエルを信頼していないわけじゃない。ミハエルは確かにイリーナを大切にして守ろうとしていた。それは信じている。だけどミハエルを使って、イリーナに害を及ぼそうとしている相手がいないとも限らないだろ？」

「俺がイーシャに求婚したのは、俺の意志で、誰の思惑でもないよ。それは嘘偽りない真実だ。そして武官のことで言えるのは、討伐部が討伐と研究に分けようとしているのは事実だということ。でも研究施設の設置の話はまったく進められていない。もちろん、氷龍を研究のために人為的に出現させようだなんて話もない」

ミハエルは真剣な顔でニキータさんに武官内の話で明かせるところまで話した。私も聞いていた話なので頷く。

　そしてそれを言った後、ミハエルは深く息を吐き、そして大きく吸った。

「ただね。もしもイーシャと結婚させたいと思っている勢力があるなら、俺は声を大にして言いたい。俺がどれだけ苦労してイーシャを探し出し、婚約にこぎつけ、イーシャを納得させて結婚したと思っているんだ。十年もかけるな！　もっと俺に協力しろ!!」

　ぶっちゃけすぎたミハエルの心からの叫びに、ニキータさんは大笑いし、ボリスラフは固まっていた。

「俺がイーシャと結婚したがっているのを知って、あえて邪魔をしないように動いていた人物がいないかは分からないよ？　でも協力はまったくなかった。本当になかった！」

　ミハエルの力説は、あまりにぶっちゃけすぎていて、とても説得力があった。個人的には、誠に申し訳ない気持ちでいっぱいだ。たぶん私が妙な勘違いを起こし、ミハエルの屋敷で使用人をしていた件を言っているのだろう。その節は、本当に、本当ぉぉぉぉぉに申し訳ありませんでした!!

　それでもミハエルのおかげでニキータさんとボリスラフとの話からは暗い陰が消え、最後はミハエルがちょっとからかわれる形で終了をした。

ローザヴィ劇場から屋敷に戻った私は実家のこと、神形のことを考えていた。

今日も王都の雪はやまない。この雪は、本当に氷龍を討伐しなかった領地があるからなのだろうか……。

「イーシャ、浮かない顔だね」

ニキータさん達と話している時は、ニキータさんがミハエルをからかったりして、あえて暗い雰囲気を壊してくれた。

でもふとした瞬間、先ほどの話が蘇る。たぶん一人になったら、もっと不安になるだろう。

「申し訳ありません」

「どうして謝るの？」

「……私は本来ならばもう嫁いだ身なので、こんな風にカラエフ領を心配してしまうことはよくないと思うのと、領地の事情に巻き込んでしまいご迷惑をかけていることも申し訳なくて……」

貴族の女性は嫁いだら、その嫁ぎ先の領地を気にかけるのが当たり前だ。もちろん縁切りをしない限り、親子関係は残るのでやり取りはあるだろう。でも実家のことに悩み、ミハエルを巻き込むようなことはするべきではない。

　それに研究の話が出ているのはミハエルの部署だ。もしも武官が研究施設の設置を決めた場合、私は――。

「イーシャ。爪で手が傷ついてしまうよ」

　ギュッと握っていた手をミハエルの大きな手が包み、そっと広げた。

「後ね。迷惑大歓迎だから！」

「へ？」

「イーシャは俺を守るんだろう？　とっても面倒なことに巻き込まれても」

「もちろんです。そのための妻の座です」

　何を敵にしてもミハエルを守るのは当たり前だ。それができないのなら、何のために私は結婚をしたのか。ずっとミハエルの味方でいるための立場なのだ。私が胸を張り堂々と言うと、ミハエルは破顔した。

「それと同じように俺もイーシャを守りたいんだ。夫婦は一方的に守られるものじゃない、支え合うものだろう？」

「でも……」

「俺にもイーシャの不安を分けて？　俺はイーシャに頼られると嬉しいんだ。だから迷惑、大歓迎。どんどん頼ってよ。俺も頼っているんだからね？」

　私は暗いことをすべて吹き飛ばすような笑顔を浮かべるミハエルに抱き付いた。

　ミハエルはぶつかっても動じず、受け止めてくれる。ミハエルの熱が不安を溶かしていく。

「私……ミーシャと結婚できて、本当に幸せです」

「それは俺もだよ」

　同じようにミハエルも私と一緒にいて幸せだと思ってくれるのが嬉しい。本当に幸せだ。

「それからね。イーシャは嫌かもしれないけれど、俺はもう一度グリンカ子爵に会って、話を聞いた方がいいと思うんだ。カラエフ領で研究の話をしていた彼はもっと詳しく知っているのではないかと思う」

「……私もそう思います」

　正直気持ち悪いという認識しかしていなかったが、きっと色々と知っているだろう。もしもこの先神形の研究に巻き込まれていくとしても、先に情報を持っていれば、最悪を避ける方法も考えられる。

「ですが、今度は私も一緒に会いに行きます」

「待って。あの男の前にイーシャを出すなんて俺は嫌だよ」

　カラエフ領の時はミハエルにすべて任せてしまった。ミハエルが嫌がったのと、私もできれば会いたくないという気持ちがあったからだ。でも――。

「私はちゃんと知りたいです。知って、足掻（あが）いて、幸せな未来へ繋（つな）げたいです。ミハエルほど何でもできないのが申し訳ないですが」

聞いたところで、私の力ではどうにもできない可能性だってある。それでも私はただ任せるだけなんて嫌だ。

「グリンカ子爵が外国と繋がっている可能性もあるんだ。生理的に気持ち悪いとかそういう話ではなく、彼に近づいて神形の話をするのは危険を伴うよ？」

「望むところです。それに私がミーシャを守る代わりに、ミーシャが私を守ってくれるんですよね？」

そう言ってミハエルの顔を覗（のぞ）くように見上げれば、とても幸せそうな笑顔とぶつかった。

「分かった。一緒に行こう」

それから三日後。

私とミハエルはグリンカ子爵が持つ輸入雑貨屋に向かった。ミハエルが話し合った後すぐに約束を取り付けたのだ。家格的に、公爵家にグリンカ子爵を呼んでも良かったのだが、グリンカ子爵からの返事で見せたいものがあるとのことだったので、私達が出向く形になった。

グリンカ子爵の持つ輸入雑貨屋は、王都では人気の店だ。建物は三階建てで、一階部分が店となっており、二階、三階は倉庫と商談するための部屋になっている。商売は貴族から富裕層向けで行っているため、店の前には停車場所が用意されていた。

店へ出向けば、すぐさま店員に二階の一室に案内された。

「バーリン次期公爵と次期公爵夫人が到着されました」

「入ってくれるかい？」

「失礼します」

店員が案内した部屋はワインレッドの絨毯が敷かれ、重厚な机が中央に設置されていた。壁には絵画が再現された異国風のタペストリーが飾られている。そしていたるところに、こまごまとした置物が飾られていた。どれも異国風であまり統一感がない。

カラエフ伯爵家よりも小物が多いのは当たり前だが、バーリン公爵家よりも多い気がする。もしかしてこれらも商品だろうか？

グリンカ子爵は相変わらずの細目だ。それが私を見た瞬間、見開かれキラキラと輝く。その様子に、つい足を止め後ずさりしたくなる。視線が痛い。

怯んでいるとミハエルが私より一歩前に出て、私を自分の陰に隠した。

「俺の妻をあまりジロジロと見ないでくれないか？」

「それは申し訳ない。もう、二度と見られないかと思っていたので、つい……。どうぞ、おかけ下さい」

グリンカ子爵は小さなため息をつくと、目を元の糸目に戻した。それにしても、どうして私をこんなにジロジロと見るのだろう。……そうだ、言葉でも『見られないかと思って』と言っていた。会えないではなく、見られない……。男色家とか変態とか思っていたけれど、私に向ける感情は色恋とかそういうものとは違う気がする。

私は気づかわし気なミハエルに頷き、椅子に座った。……座った瞬間、かなりクッション性の高い椅子にちょっと驚いた。

「いい椅子でしょう？　異国でもまだほとんど売りに出ていないものなんですよ」

「そうだね。こんな椅子は初めて見たよ」

いいものに囲まれて育ったミハエルでさえ驚いている。ということはこんなクッション性の高い椅子は普通ではないのだろう。

その様子にグリンカ子爵は満足そうな顔をした。

「異国にはこの国よりもずっと優れたものが沢山あります。この椅子もそう。異国の文化は素晴らしい」

「そうだね」

ミハエルもそれに同意する。それは国王も感じていることだろう。だから西の文化をどんどん取り入れようとしている。

そしてこの部屋はそういったものが溢れた部屋なのだ。

「でもこの国でしか中々手に入れられないものもあります」

「……それが氷龍の瞳かい？」

ミハエルの問いかけに、グリンカ子爵は嬉しそうに笑みを深め、お茶を運んできた使用人に氷龍の瞳を持ってくるように伝える。

「このお茶も異国のものですが、これは西の国ではない場所から手に入れて、そこの作り方でお茶を入れてみました」

出されたお茶は事前にミルクが混ざっており白濁していた。独特の匂いもする。この国のお茶とはまったく違うものだ。

「香辛料を煮だしたところに茶葉を入れてさらに牛の乳と砂糖を入れ、こしてあります。その国はザラトーイ王国とは違いとても暑いので、ソーサーで冷ましてから飲むそうです。ですが寒い季節ですし、そのままお飲み下さい」

まるで実験動物でも見るかのような居心地の悪い視線を浴びつつ、私は口をつける。公爵子息に対して毒を混ぜることはないと思うので、たぶん大丈夫だろう。

飲んだものは不味(まず)くはないが、飲みなれないので不思議な味だ。ミハエルも同じ感想のようで微妙な顔をしていた。それにしてもあえて冷まして飲むなんて、変わっている。この国ではサモワールを使いどうしたら冷まさずに飲めるか工夫しているというのに。

「地域によって、お茶の入れ方一つ違うのは面白いと思いませんか?」

……これはただの世間話?

お互い切るカードを慎重に選んでいる感が居心地悪い。スパッと聞いてしまいたいが、脳筋なやり方ではミハエルの足を引っ張ってしまうので、とりあえずは見守るしかない。

「失礼します。氷龍の瞳をお持ちしました」

銀の盆の上に乗せられ運ばれてきた氷龍の瞳は赤子の頭程度の大きさがあった。綺麗な球体のそれは青く透き通り、見た目は宝石だ。しかし宝石としてはあまりにも大きすぎる。

「見て下さい。綺麗でしょう？　これはつい最近手に入れた氷龍の瞳です」

「……結構大きいですね」

氷龍は氷でできている。だからその瞳も氷だ。ここまで運ばれる間に一部、溶けていると思う。それでもこれだけの大きさだ。

「個体としては普通の大きさの氷龍だったそうです。氷龍の瞳は体の氷より溶けにくい性質があります。もちろん火にかければ溶けますが、常温に置いても普通の氷よりも溶けるのが遅く、暖炉の火が灯った部屋でお見せできるのです。そして溶けた氷龍の瞳は飲料として使っていますので何も無駄がない。そうそう、今日のお茶も氷龍の瞳を使いました」

「ごほっ」

……無駄はないけれど、恋を語るように頬を染め、恍惚とした表情で氷龍の瞳を眺めながら喋るのは止めて欲しい。見てはいけないものを見せられている気分になる。

そんなとても微妙な気分になる私の隣で、ミハエルは咽せ、ハンカチで口を覆っていた。苦しそうに咽せるミハエルの背中をさすりながら、そういえば氷龍の飲食は他の地域ではゲテモノ扱いをされていたことを思い出す。この間の氷龍の討伐の時にミハエルも飲んだので、頭では問題ないと理解できても突然言われたため、びっくりしたのだろう。

しかし微妙な表情になる私も、苦しそうに咽せるミハエルのこともグリンカ子爵はまったく気にしなかった。

「この瞳は色の濃淡により溶ける速度が違い、濃い色の方がより溶けにくい性質があります。瞳の色の濃さは出現した時期、氷龍としての成長度合いが関係していそうですが、まだ情報が出そろいきっていませんので、今後は分かりやすく色の濃度を測り、氷龍の記録をしていきたいものです。色味は出現地により若干の差があります。青が強いものと青緑がかったもの、珍しいものだと青紫っぽい色味のものもありましたね。あの時の氷龍は――」

なんだろう。この空気を読まない怒涛のうんちくは。

グリンカ子爵は恋する乙女のような表情で氷龍の瞳について語った。私達のことなどお構いなしで、とにかく語り続ける。もしも私達が部屋から退室しても気が付かないのではないだろうか？

……でもこの状況を私は知っている。これはあれだ。私がミハエル様の素晴らしさについて語っている時と同じだ。ミハエル様を語る時、私もまた周りの情報が入らなくなる。

グリンカ子爵は語り続け、しばらくしてようやく色味についてのうんちくが止まった。私もミハエルもある程度聞き流していてもぐったりしてしまったが、グリンカ子爵は満足気だ。やりきった感がある。

「ああ。このように思う存分神形について語れたのは久しぶりだ。神形に興味を持ってもらえて嬉しいよ」

「……それはよかった」

咽せが止まったミハエルは疲れたように頷いた。

別に興味を持ったわけではなく、ただ単に口を挟むタイミングが分からなかっただけだけれど、彼には興味を持ってもらえたと思われたようだ。いいことか悪いことか分からないが、警戒されているより情報は得やすいのではないだろうか？

「それでこの氷龍の瞳の色なんだが――」

「そういえば、氷龍の瞳は国外に売買したりもするのかい？」

あれだけ語ったのに、まだ語ろうとするグリンカ子爵の言葉を遮るようにミハエルは異国の話を持ち出した。それに対して、グリンカ子爵はにんまりと笑った。

「まさか。勿体ない。私が手に入れた氷龍の瞳は私が余さず消費しますよ。しかし売っている人もいますね。こんな素晴らしいものを売る人の気が知れません」

気が知れないのは貴方だと言いたくなるのをぐっと我慢して、もっと気にしなければいけない部分に注目する。

今、転売が行われているとあっさり言ったよね？

「転売があるんだね？」

「ありますよ。禁止はされていませんから。それにこの国は世界で有数の一大氷龍産出地域なので、氷龍の研究がしたい者達はこの国に注目しています」

まだ言葉として出していなかった研究という言葉に息を呑む。

「取引しませんか？」

「取引？」

一体何を要求してくる気なのか。

グリンカ子爵は興奮を抑えた顔で私達を真っ直ぐ見た。先ほどまでの様子を知っている身としては、嵐の前の静けさのように思える。

相手は確実にこちらが欲している情報は持っていそうだが、グリンカ子爵が対価として求めてくるものは一体何だろう？　そもそもグリンカ子爵の言葉をどこまで信じていいのだろうか？

「そうです。私からの要求はただ一つ。カラエフ領への出禁を解いて下さい」

「は？」

カラエフ領への出禁。それは私にグリンカ子爵が近づかないようにするためだ。

でも氷龍の研究の話が出てくれれば意味合いが変わってくる。出禁を解くことが、カラエフ領に研究施設を誘致することを目的とするのならば――。

私達が警戒すると、グリンカ子爵にもそれが伝わったようで緊張した面持ちになった。

「……それは何のためだい？」

「そんなもの一つしかないではないですか」

「研究施設をと言うのなら——」

「カラエフ伯爵と神形について研究談議をしたい!!」

どーん!!

そんな効果音が聞こえてくるような勢いで机に手をつき、鼻息荒く叫んだ。

「研究談議？」

「私と同等に神形を知り、話せる相手はカラエフ伯爵しかいないのです。彼以外の人間はこの素晴らしい神形という存在を理解せず、私の話を最後まで聞いてくれない。そして聞いたことに対して適切な返答をしてくれるのは彼だけなのです。彼以上の知識人を私は知りません!!」

切羽詰まった様子で話してくるけれど共感できない。

「昔もこんな風に出禁になったことはありました。様々な利点から、イリーナ様への婚約を打診した時、カラエフ伯爵を初めて怒らせてしまい、出禁となりました。あの絶望しかない日々は忘れたくても忘れられません。これまでがどれだけ恵まれていたのかを思い知りました。領地から出てこない限りカラエフ伯爵と神形について語り合うことはできないのですから」

私への婚約を打診した様々な利点が何なのか聞きたいような聞きたくないような……。ただ、これは幼女趣味ともまた違うように感じる。ならばあの観察するような視線は何だったのか。父と親族になれて、いつでも研究談議ができるという意味？　えっ、でも、だったら、弟に対しては？　流石に弟と結婚はできないし。

分からないことは多いが、そもそもこの男を理解できるようになれる気がしない。色々考え方が突き抜けているので別の意味で怖い。

「無理に押し入ろうとは思わなかったのかい？」

「それをしたら脅されました」

「お、脅し?!」

あの気の弱い父が？

もちろん私への結婚の申し込みはちゃんと断ってくれたけれど、基本押し負けそうな気がする。

「それをしたら、もう二度と私とは研究談議はしないと言われ……。そんなことになったら、それこそ絶望しかありません。だから私はカラエフ伯爵の方針には逆らえないんです。ようやく出禁を解除してもらえたのに、今度はバーリン公爵に命令されるとは」

思った以上に父の脅しが誰も不幸にならないものだった。いや、グリンカ子爵のみに影響が大きいのか。まったく共感できない内容にチラリとミハエルを見ると、ミハエルは顔を引きつらせていた。

「これはどんな試練なのかと神を恨みたくなりました。しかしこちらにも運が回ってきたようです。カラエフ領への出入りの禁止を解いてくれるのならば、私が持っている情報を回します。私はカラエフ伯爵と神形談議がしたい。きっと伯爵も同じ気持ちだ。しかし家族も領地も危険にさらすことを嫌うから、彼は距離をとるのです」

違う。

間違いなく父の気持ちは、迷惑の一点だろう。

私の脳内の父が首をブンブンと横に振っている。父は、神形談議を断れないだけだ。

「どうかカラエフ領への出禁解除を!!　私に神形に関する談義を!!」

グリンカ子爵がミハエルを拝み始め、ミハエルの顔がさらに引きつる。その目には関わりたくないと書いてあった。

「……分かった。解除する代わりに、カラエフ伯爵が嫌がることは絶対しないこと」

「はい。十分です。ああ、これでまた話ができる」

父には自分で頑張ってもらおう。一応嫌がることをしないと条件につけたのだから、父が困ることを話せば妥協点は見つけられるはずだ。

ミハエルの判断に私は否を唱えなかった。尊い犠牲だった。

「それで氷龍の研究をしたい異国人は、この国で研究をしたいと考えているのかい？　それとも今よりも氷龍の瞳の輸出量を増やして欲しいなどと考えているのかい？」

今すぐにでもカラエフ領へ行こうとするグリンカ子爵を止めるように、ミハエルは聞いた。ただどれだけ行きたくても、現在のカラエフ領は一般人が進めない量の雪が道中に立ちはだかっている。それを思い出したのだろう。グリンカ子爵は浮かしかけた腰を下ろした。

「まず順に話します。今年の異常気象は、研究のために氷の神形の討伐を遅らせて、氷龍を複数体作り出したからだと研究仲間の中で噂されています。噂となっていますが、これは確定です」

「……何処の領地が？」

「そこまでの情報は流れていませんが、ここまで被害が広がっているのです。もうその領地で収めるのは無理でしょう。数日中に討伐依頼が出て明るみに出ると思われます。それでその領地が明るみに出たら、その領地と氷龍の瞳の売買を積極的に行っている貴族を確認して下さい。間違いなく、異国から金が流れています」

具体的な名前は一つも出てこない。しかし異国との繋がりは肯定した。

「とても大雑把な情報だね」

「氷龍の研究に意欲的な国は一国ではないのですよ。ただし意欲的な国は、確実に氷龍の瞳を買っています。そしてその売買から、この国の氷龍の数が、自分の国よりも多いことを知っています」

「全部が買われているわけではないですよね？」

カラエフ領は間違いなく破棄率が高い。

「ええ。全部買われていなくても、多いのです。それに向こうも、すべてが輸出されていると は考えていないでしょう」

……異国はそんなに氷龍が出ないんだ。

「氷龍の被害がないのに、なぜ研究なんか……」

「氷龍は天候を操りますし……そうですね。氷龍は色々と面白い性質を持っているのです。でも氷龍の出現は少なく、出現させた後の被害も研究の負担となります。だから他国を氷龍の牧場にしたいみたいですね」

「そんなっ」

牧場ということは、人工的に氷龍を増やすということだ。そんなことになったら、この国は人が住めなくなってしまう。

「そうなんです。本当に異国人は分かっていない。今、この国がどれだけ素晴らしい神形との共存関係を築いているか分かっていないのです。むやみやたらに増やしては、私のような研究職で体力に自信のない者は氷龍の観察が不可能となる。氷龍は動かなくなった後も美しいが、動いている姿もまた美しく、流動性、柔軟性の見られる氷がどうなっているのかは、動いている氷龍を観察しなければ解き明かせるはずもない。机の上で研究が終わるなどと考えている者に研究する資格などない——」

……えっと？

つらつらつらと喋られて何が言いたいのか分からなくなったけれど、まとめるとグリンカ子爵は氷龍の研究施設は反対派ということ？　ただし私と同じ気持ちというよりも、研究者としての立場で反対しているようだけれど。

「都合よく喋っているようだけど、君はカラエフ領へ研究施設の誘致をするために行ったのだろう？」

「私としては研究施設を置いて、カラエフ伯爵と一緒に研究したいという気持ちもあります。とても魅力的な提案というか魅力しかない。ですが研究施設を置けば、必ず早期の結果を求め氷龍に限らず神形を増やして研究しようと考える愚か者が増えます。だから私があそこにいたのは逆です。研究施設の誘致をさせないために、私は説得するふりをして、神形の談議をしていたのです」

凄く警戒されていたのに、あそこにいた理由は反対？

グリンカ子爵の言い分だけを信じるのは危険だけれど、嘘を言っているとも言い切れなかった。

「カラエフ伯爵が惑わされるとは思いませんが、氷龍の研究のために無茶をする煩わしい者は私が居座る限り誘致には来ないですし、私は神形の談議ができる。双方の利が考えられた完璧な計画です」

完璧なようで父がグリンカ子爵のせいで、精神的に疲れてしまいそうな気がするのは気のせいだろうか。むしろ疲れていたから、グリンカ子爵が遠ざけられることに異を唱えなかったような気が……。

「誘致をしている人間は分かるかい?」

「貴族もいれば、文官もいますからね。分かる範囲で、後で紙にしたためましょう。でもこれは十六年前にも起こったことです。あの時も国全体の気象が狂い、そのせいで水の神形の出現が遅れました。神形と天候の関係を研究する上では興味深くも、日々様々な神形の観察を趣味とする立場からすると最低の状況です。王が十六年前の原因が何処にあったのかを考え対策していれば、今回のようなことは起こらなかったでしょうに」

十六年前といえば国全体で酷い冷害が起こった年だ。そしてカラエフ領では氷龍が群れで出現した年だ。

ふと群れた氷龍のことを考えた瞬間、何かが引っかかった。

「十六年前、とある地域で複数体の氷龍が出現しました。その後国全土で氷龍が出現し、冬が長引く事態が発生しました。複数体の氷龍が出現した地で対処したのは、当時十八歳の領主を継いだばかりの青年でした。その青年は後に討伐中の事故で死亡。なんとか青年の努力のおかげで討伐が成功したため事件は闇の中に葬られましたが、そもそも複数体の氷龍が出現したのは、青年が氷龍の研究を持ちかけられ、適切な氷の神形の討伐をしなかったからだと言われています」

十六年前に複数体の氷龍の出現。十八歳の領主の死亡。

それは聞いたことのある話でサッと血の気が引いた。

「十六年前の時は文官が手引きしたという噂もありますし、貴族が手引きしていたという噂もありました。そのため誰がという特定はできませんし、私も特に調べてないので分かりません。しかし氷龍の群れを作った土地の領主……つまり前カラエフ伯爵は異国と繋がっていただろうと、研究仲間は言っています」

前カラエフ伯爵が異国と繋がっていた？　えっ？

驚きすぎて、頭の中が真っ白になる。

「――気を付けて下さい」

その後もグリンカ子爵が語っていたが、どれも右から左に抜けていった。最後に気を付けろと言われたけれど、気を付けるって何を？

私は色々な不安を胸に抱いたまま、屋敷に帰ることになった。

十六年前の災害は、人災だったかもしれない。それも前カラエフ伯爵……父の弟が異国人と繋がり起こした。それはとんでもなく重い話だ。あの災害で多くの者が飢え、討伐で命を落とす者も出た。

グリンカ子爵が語ったのはあくまで噂で、それを証明できる者はいない。前カラエフ伯爵は討伐で命を落とし、その時に同居していた先代もまた、その半年後に病死をしている。……父は知っていたのだろうか？

現カラエフ伯爵である父はその頃は王都でバレエの裏方として働いており、前カラエフ伯爵が亡くなった後にカラエフ領に戻ったので、その氷龍の群れが出た当時は知らなかった可能性が高い。

でも借金は祖父と弟が作り、父は不満一つ言わず継いだ。父は色々察していたのではないだろうか。そして王もまた、同じ過ちを犯させないよう父が伯爵を継ぐようにした……。すべては推測だけだ。

カラエフ領は貧乏ではあるが、国からは罰を与えられていないのだから。

「……はぁ」

「イリーナ、大丈夫？」

女装姿のミハエルに声をかけられ、私は頷く。今日も天気は雪。灰色の雲の下で、サクサクと雪をかく。

周りの女性達も慣れてはきているようだが、すぐに体力がつくわけではないので大変そうだ。腰を痛めないように注意はしているが、慣れてきた頃が危ない。

「何だか最近色々ありすぎて……」

「そうね。でも今は雪かきに集中しましょう？　怪我(けが)の元だから」

ミハエルの言う通りだ。

過去のことなど考えても仕方がない。既(すで)に終わった話だ。

その頃の私はまだ三歳。何もできることはなかったし、それは王都にいて領地の現状を知らなかった父もだ。でもこれが本当ならば、私は償いをしなければいけないのではないかと不安になる。どれだけ考えても結論など出てこないというのに。

どんどん落ち込んでしまうのを止めるため、私は頭を振った。

落ち着け私。もしも目の前の仕事がちゃんとできなければ、私に責任感がないという悪評が立ち、めぐりめぐって公爵家やミハエルの悪評に繋がるかもしれない。うん。それは耐えられない。

考えても仕方がないことを考えるよりも確実に目の前の仕事をしていくべきだ。

「いや、でも。張り切りすぎる必要もないわよ？」

さくさくさくさくと心を無にして雪かきをしていると、ミハエルに苦笑いされた。綺麗に雪かきはできたけれど、少々飛ばしすぎたようだ。皆が唖然としている。

「おほほほほ。カラエフ領は雪ばかりなので、雪かきは得意ですから」

誰よりもぶっちぎりで雪かきを進め、汗をぬぐう姿は、優雅から遠く次期公爵夫人らしくない。とはいえ、優雅な雪かきというのも意味が分からないけれど。

上手くいかないな。

内心ため息をつきつつ建物内に入れば、相変わらず女性武官候補達は屍のようにぐったりしているので休憩にする。元『女性騎士』の人達は雪かきに慣れてきたようで、余裕がありそうだ。最低でもこれぐらいできるようにはならないとエミリア王女の護衛は任せられない。

最近は訓練にも一日の流れができてきた。エミリアは毎日雪かき後の休憩時間に視察に来る。正直王女が毎日来ていいのだろうかと思うが、それだけこの女性武官に力を入れているのだろう。

そしてエミリアは用意された椅子に座り、私かミハエルか、元『女性騎士』の誰かが指導員となる訓練を一つ見たら、激励の言葉をかけてから立ち去る。

もうすぐ来るだろうかと思いながら周りを見ていると、カチェリーナの顔色がかなり悪くなっているのに気が付いた。もしかして体調を崩したのだろうか？

「カチェリーナさん、大丈夫ですか？」

雪かきをすれば体は温まるが、それでも低体温の危険は隣り合わせだ。今年は雪がよく降るので、慣れていないと体調だって崩しやすい。

「はい。大丈夫です」

　大丈夫と聞けば大丈夫と答えが返ってきたが、大丈夫な顔色ではない。もしかして倒れたら減点されると考えているのだろうか？

　現在女性武官候補でしかない彼女達は、この先も女性武官として王都にいられるかどうかは冬以降に決まる。今はずっと試験を受けているようなものだ。

「えっと、何かして欲しいことはないですか？　酷い顔色ですよ？　体調が悪い時に申告できるというのも大切なことだと思います。それで不合格となることはないはずです」

　体調不良がもしも伝染的にうつるものだった場合、隠せば全滅だ。怪我の場合でも戦力として数えていた者が数えられなかった時、それは弱点となる。

　自分にとって不利になるので隠したくなる気持ちは分かるけれど、あらかじめ分かっていたら対処できることだってあるのだ。

「ありがとうございます。……あの……イリーナ様は、カラエフ領の出身でしたよね？」

「はい。そうですけれど」

　彼女とは氷龍の瞳の件でも話していたので、私の出身地は知っているはずだ。それなのに改めて確認されたため、私は内心首を傾げる。

「相談に……のっていただけないでしょうか？　あの……別室で」

どうやら体調が悪いわけではないようだ。出身地の確認は相談したい内容がカラエフ領と関係があることだからだろうか?

「イリーナ、私達が借りている部屋で話を聞いてはどうかしら?」

「そうですね。カチェリーナさんもそれでいいかしら?」

カチェリーナは俯(うつむ)いたまま、こくりと頷いた。深刻そうな様子にミハエルの顔を見れば、彼はサッと外へ出る。そしてすぐに中に戻った。

「歩くのは大丈夫? 辛(つら)いなら肩を貸すわよ?」

「えっ。ディアーナも一緒ですか?」

私と一緒にディアーナも移動し始めれば、彼女は嫌そうな顔をした。どうやら私にこっそりと相談したかったらしい。

「ええ。実は私は王太子殿下から王女の護衛として遣わされているの。王太子殿下は仮採用期間の貴方達を全面的に信頼しているわけではないわ。それと同時に次期公爵夫人の護衛でもあるの。知った情報は決して口外しないから、私のことは壁だと思ってちょうだい」

「えっ。そ、そうだったのですか?」

驚くカチェリーナに私はニコリと笑いかけた。安心して欲しい。私も初めて聞いた。次期公爵夫人の護衛はミハエルの仕事ではないはずだ。それでもミハエルにはついてきて欲しいので、そういうことにしておく。次期公爵による護衛……とても豪華だ。

部屋に戻れば、オリガが部屋を暖めておいてくれたので、落ち着いて話せそうだ。

「体が辛ければ、ソファーでなら横になれるけど……」

「体は大丈夫です」

カチェリーナは首を横に振り椅子に座った。そして膝に視線を落とす。

よほど言いづらいことなのだろう。部屋の中は暖かいのに膝の上で握る拳が震えている。冗談が通じるような状態にも見えず、私は彼女が話し出すのを待った。

「……イリーナ様はカラエフ領の出身なんですよね？」

「そうです」

先ほどと同じ質問がきた。この質問で、彼女は覚悟を決めたようで顔を上げる。

「実は私の故郷で……氷龍の群れが出現してしまったと聞きました」

氷龍の群れ。

それはボリスラフやグリンカ子爵から聞かされていた話だ。

そんな危機が起こっている覚悟はしていた。でもここでその話が出てくるとは思わず、驚きで息を呑む。

カチェリーナは震えながら、ぽろり、ぽろりと、涙を流した。

「ど、どうしたら……。大丈夫でしょうか？　わ、私、領主一族とは知り合いで……女性武官の募集にも推薦してくれて……」

大丈夫と言ってあげることは簡単だけれど、たぶん大丈夫ではない。

群れとなった氷龍は、大災害だ。討伐がいつまでかかるかも分からないけれど、終わらない限り春が来ない。冬は持久戦だ。食料と薪（まき）がいつまで持つか、持ったとして春が遅れれば翌年も……。知り合いがいるのなら、不安だろう。

ただこれがもしも、本当に人災だったら――。

「カラエフ領も、昔、氷龍の群れが出たんですよね？」

「……ええ」

グリンカ子爵の話が脳裏をよぎる。

十六年前に若い領主が犯したかもしれない罪とその結末が。

「私はどうしたらいいのでしょう？　……それに、群れを作った領主は処刑されてしまうのですか？　カラエフ領では、領主が亡くなったと聞いて……」

とても混乱している様子を見て、私はできるだけ心を落ち着かせてから口を開いた。

「氷龍が群れになってしまったのならばできることは少ないです。……カチェリーナにできることは食料を王都で買って、届けてあげることぐらいだと思います」

「私も……討伐は？」

私は首を横に振った。

こんなに心配しているのだ。討伐に参加したいだろう。その気持ちは痛いぐらい分かる。でも一度も氷龍の討伐をしたことがないと言っていた。だったら、彼女の参加は迷惑だ。王都の武官と共に、経験者が倒した方がいい。

「二次災害を起こしている場合ではないので、討伐が終わった後にどうするかを考えるべきだと思います」

そして、もう一つ。彼女が不安になっているのは領主一族のことだ。氷龍の討伐を怠れば爵位の返上など重い罰が下されると言われている。

だが、私はこれに明確な答えを持っていない。

「カラエフ領もかつて氷龍が群れで出現したそうです。大きな災害となり、領民にも餓死者が出ました。そして領主はその討伐で亡くなり、先代は丁度病を患っていたので、半年後に亡くなっています。先代の奥様……私の祖母に当たる方はさらにもっと前に亡くなっており、当時の当主はまだ結婚をしていなかったので、爵位は兄である父に移りました。領地を立て直すために借金は負いましたが、父が後任として継いだ後に国から罰は下されてはいないはずです」

私はできる限り憶測を入れず公表されている事実だけを述べる。

「私はまだ三歳ぐらいでしたし、王都で暮らしていたので、氷龍の群れが出た当時のカラエフ領の様子は分かりません。でも父と一緒にカラエフ領に移り住み、現在は借金の返済も終わりました。だから今年と来年の冬を乗り越えられれば建て直せるはずです」

できるだけ前向きな話をと思ったが、餓死者が出たという言葉に、カチェリーナはさらに顔色を悪くした。

餓死者は弱いところから始まる。

母親の食事事情が悪くなれば乳の出が悪くなるので、赤子が亡くなる。年老いた者は、食い扶持(ぶち)を減らすために自ら命を絶つ。……そう、私は聞いていた。だから私は我慢しなければいけないと。

一人でも救うためにできることをやらねばならないと言われていた……気がする。誰にと言われると、記憶があやふやだけれど、状況的には既に亡くなっている祖父ではないだろうか。私がカラエフ領に移動した頃、母は弟のお産でそれどころではなかった。正直、弟が無事に育ったのは奇跡だと思う。

「カチェリーナがここで働けているのは、とても運がいいと思います」

「えっ。そりゃ、王女の護衛なんて普通はなれないですけど……」

私はそれに首を振った。

もちろん王女の護衛なんて名誉な職に付けたら運がいいだろう。でもそうではない。

「冬が長引いた時、人一人分の食事が浮けば生き残れる人も増えます。そして給料があれば、王都から支援もできますから」

職もない状態で王都に逃げてもどうにもならない。王都だって同じように備蓄で過ごしているのだから、よそ者に施せるほどの余裕はないだろう。でもカチェリーナには職がある。戻る必要はないし、お金が稼げる。タイミングを見て、少しでも食料を送れれば、家族だけでも助けられるかもしれない。

そんな話をしている時だった。何かが割れる音と悲鳴が聞こえた。

真っ先にミハエルが部屋から飛び出し、私、カチェリーナの順にミハエルを追いかける。

騒ぎが起きているのは訓練で使っている大広間のようだ。階段を駆け下り大広間の入口の方に回れば、中からの声が漏れて聞こえてくる。ミハエルは一度私達に止まるように手で指示し扉を薄ら開け、中を覗いた。私達も同様に耳を澄ませる。

「――もしも王太子殿下とこのまま結婚したら、この国は乗っ取られる！」

「神々もこの結婚を認めてはいない！　だからこのような異常気象が起きるのだ！」

「騙されてはいけない。この結婚は認められない!!」

どうやら王女と王太子の結婚を阻止したい者が賊として入っているようだ。人数はさほど多くはなく五人。しかしエミリアを守るように立っているのは元『女性騎士』である三人だけで残りはどうしていいのか分からないとばかりにただ棒立ちしていた。

そして守るように立つ三人も武器を持っていない。

「イリーナ、カチェリーナ。入ってすぐに木刀があるから、それを私と、女性武官候補達に投げて。イリーナはタイミングを見て、鎮圧の方に加勢。カウント後に扉を開ける」

「分かりました」

「五、四、三、二、一」

バンと扉を開けた。犯人達が扉の開いた音に気を取られた隙(すき)に、ミハエルは王女の方に走る。私は置かれた木刀を握ると真っ先にミハエルに投げた。

ミハエルが受け取ったのを見ながら続けざまに、元『女性騎士』の方にも投げる。

「何をしてる!! 誰の護衛だ!!」

ミハエルの怒声に、棒立ちとなっている女性武官候補達が戸惑う。

彼女達は何も武器を持たず丸腰だ。武器を持った相手に立ち向かうのは、たとえ護衛失格と言われても恐ろしいだろう。

だが今はそんなことに気を取られている場合ではない。ミハエルは近くの男の手首に木刀を叩(たた)きつけ剣を落とさせ、さらに力いっぱい木刀で殴り倒した。

元『女性騎士』達も木刀を受け取ったので、守りは彼女達だけで何とかなると判断し、私は残っている木刀を、男達の頭を狙って投げた。フォークやナイフより重いので、少々コントロールがおぼつかない。

それでも一部は当たり混乱もしている。その隙に私は内ポケットに忍ばせておいたナイフを男達の手首を狙い投げながら、木刀を握って走った。

既にミハエルが二人倒したので、残り三人だ。その三人も上手く手にナイフが刺さり剣を取り落としている。

私は体を低くして走り、一番近い男の向こう脛を思いっきり木刀で打った。次の瞬間男から情けない悲鳴が上がる。ここは筋肉がないから、打ち付けるとかなり痛い。怯んだところで、頭に回し蹴りをお見舞いすれば倒れた。

しかし横から別の男が剣を振り回したので、慌てて避ける。

ナイフが刺さる位置が微妙にずれたため、痛みはあるようだが、剣は握れるようだ。私はさらにナイフを投げるが、かわされる。目を潰せればと思ったが、近くからではそう簡単にはいかない。

ただ次の瞬間対峙している男の背後に影が落ちた。そして強い打撃音が響く。アンネが男の後ろから木刀で殴り倒したのだ。男が膝を折り前に倒れ込むのを見てから慌ててエミリアの方を確認すれば、エミリアの周りには女性武官候補達が守るように立っていた。

「お前らも呪われるぞ!!　この異国人を助けて、ただで済むはずがない。この異常気象を見ろ!!」

ミハエルに追い詰められた男が叫ぶ。

「神形は自然現象です！　エミリア王女が何をしたとしても、変わるはずがありません！」

神形は神様が作ったものであるという宗教に基づく考えはこの国では普通だ。だからこそ、ただの賊の言葉に惑わされないように私は叫ぶ。

人に与えられた選択肢は、討伐するかしないかだけだ。そして自然は呪いではない。誰が結婚してもしなくても、同じようにあるだけだ。

「黙れ。男のようなことをする、あばず――」

『ゴンッ!!』

鈍い音と共にミハエルに昏倒させられ、男は黙った。

ミハエルは床に倒れ伏す男をまるで蛆虫でも見るかのような目で見下ろす。……偶然倒そうとした瞬間に失礼な言葉を吐いただけだよね？　わざとこれ以上喋れないように殴り倒したわけではないよね？

「大丈夫です……か？」

バンッと音を立てて、剣を持った白服の武官達が部屋に入ってきた。たぶんエミリアに付けられた護衛だろう。戦闘で大きな音を立てたので気が付いて来てくれたようだが、一足遅かった。

武器を持ち勢いよく入ってきたけれど、倒れている数名の男達を見て足を止め絶句している。

「ええ。私の女性武官達が守ってくれましたから」

にっこりとエミリアは上品に笑うが、ミハエルが不意をつくやり方で突入しなければとても危なかったと思う。

しかしそれを指摘していいものか分からず、私は黙った。王女と護衛の信頼関係は乏しい。

今日も嫌がらせのように護衛を外に置き去りにしていたところが何よりの証拠だ。

「襲われたばかりですので、今日は我々護衛から離れず、部屋にお戻り下さい」

護衛の男は一瞬悔し気な顔をしたが、怒鳴りつけることもなく、冷静にエミリアに話す。

「そうですわね。これ以上王太子の迷惑になるわけにはいきませんから。でもこれは一体どういうことなのでしょう？　入口は守りを固め、女性武官候補者以外は誰も入らないようにしているはずですわよね？」

「……申し訳ございません。事前確認が不十分だったようです」

賊が潜んでいないか確認をした上で、王女を迎え入れ、建物の入口を守っていたということだろうか？

でもそれはかなりの無茶ぶりではないだろうか？　一室の部屋ではなく、建物全体だ。限られた人数では確認しきれない部分も多いだろう。安全を第一と考えるならば、そんな回りくどいことなどせず、王女の近くで身を守る方がいい。

俯くようにして膝をつき謝罪する護衛の男達の顔は見えないのでどう思っているのか分からない。それでもきっとこんな無茶ぶりに反論もできない状況は悔しいだろう。

「ですがやはり警備の見直しが必要かと。あまり出歩かれるのは――」

「私の行動を制限しないで下さる？」

エミリアはにこやかに笑っているように見えて、目が笑っていない。

なるほど。護衛をしやすくするために行動制限をして欲しい武官がエミリアは心底気に食わないようだ。エミリアが我儘を言っているようにも見えるが、普通は護衛の方が行動を制限させずにどうするか気を配るのが普通で、出歩くなと言うのはあり得ない。

王太子相手ならば、安全にするために様々な提案はするが、閉じ込めるような制限はしないはずだ。

お互い信頼関係がないために、妥協点がおかしくなっている気がする。

「……部屋にはもちろん戻ります。ですが彼らが目覚める前にロープで縛って下さる？　ここにいる女性武官候補はまだ帯刀すら許していただけていないのですから」

「かしこまりました」

武官はロープを持ってくると倒れた賊の手足を結び始めたので、私も手伝う。折角なので結び方を知らない女性に縛る時の注意を伝え、もしもの時は逆に自分がどうしたら縄抜けできるかも考えておくといいと話す。基本は縄と手の間に隙間を作ることだ。

そんな話をしていると、ミハエルの方から何やらギョッとしたような視線を感じる。……あれ？　前に一緒に犯人を縛る共同作業をしたことがあるから私が縛れるのは知っているよね？

一通り縛り終わると犯人は担いで運ばれ、エミリアは元『女性騎士』と護衛と共に退室した。気丈に振る舞っているが、きっとエミリアは怖かったはずだ。部屋の中で少しでも安心して休めるといいけれど……。

「……王女様を守ったけれど、本当に呪われたりしないわよね？」

「まさかね……」

　エミリア達異国の者が出て行ったあと、ふと気が付けば女性武官候補達がひそひそ話していることに気が付いた。どうやら先ほどの自分達も呪われると言われた言葉が気になるようだ。

　その気持ちは分かるが、この異常気象がエミリアのせいというのは、いくらなんでも無理やりすぎだ。だからエミリアを守ったところで呪われるはずもない。

　私が反論するために息を吸った時だった。

「こ、この異常気象は……エミリア王女のせいではありません」

　震える声でカチェリーナが喋った。

　ひそひそ話をしていた者達も、喋るのを止めて彼女に注目する。全員の視線が来たことで、カチェリーナは怯んだように目線を下げた。しかし次の瞬間には紅茶色の瞳に強い光を宿し、顔を上げる。

「私の……私の故郷で、氷龍の討伐が失敗し、群れを作ってしまったからです。決して、エミリア王女のせいではありません!!」

　カチェリーナは震えながらも、大きな声で自分の出身地の罪を話した。

◇◆◇◆◇◆

「少しは落ち着きましたか？」

ぐずぐずと鼻をすするカチェリーナに、ハンカチを手渡しながら私は背中をさする。カチェリーナはエミリアを守るため、女性武官候補達の前で今回の異常気象が自分の出身地で氷龍が群れで出現してしまっているからだと、皆の前で告白した。かなり勇気が必要だったと思う。

おかげで情緒が不安定になってしまったらしく、その後ずっと泣き続けるため、今日の訓練が中止になったこともあり、ミハエルと一緒に休憩室に連れてきた。落ち着くまでは他の女性武官候補達と一緒にいない方がいいだろう。

氷龍が群れとなったと知られれば、氷龍によって引き起こされた災厄に対する憎悪がただ出身であるというだけで、そのまま向くこともある。ただでさえ故郷のことが心配だというのに、負の感情を向けられたら辛いだろう。

「ずびまぜん……なんだかもう、色々ぐちゃぐちゃで……」

「でもカチェリーナさんの勇気のおかげで、エミリア王女が異常気象の件で誹謗中傷（ひぼうちゅうしょう）されることはなくなりました。私はその勇気が本当に凄いと思います」

「い、いえ。私、我慢できなくて……。実際、この国の冬が厳しくなったのは、私の故郷のせいだから……」

初めての顔合わせの時もちゃんと意見を言っていたので、基本的に黙っておくのが性に合わないのだろう。それでも彼女が払拭したものは大きい。

あの場面では王女を守った者も、気候の異常を天罰と繋げられてしまうと、もしかしたらと思ってしまう人もいるだろう。実際心配そうな声は上がりかけていた。

護衛職が、護衛対象に対して思うところがあるというのは最悪だ。お金で割り切れるならばいいが、明確に切り替えができないと、エミリアを危険にさらしてしまう。

それにエミリアもそんな護衛は信頼できないだろう。今の武官との関係のように。

「それに、イリーナ様やディアーナの戦う姿を見たら、私とは全然違って……だから私にできることをしないといけないと思ったんです。後はイリーナ様が、先に聞いてくれたから……少なくともイリーナ様は私を責めることはないと安心して話せました。イリーナ様に相談するといいと助言された通りにして良かったです」

涙がにじむ目でニコっと笑みを浮かべられると、私も良かったなと思うけれど、一体誰が私を勧めたのだろう。

私にそれほど人望があるとは思えない。それに――。

「そういえば、どうやって領地の現状を知ったのですか？　氷龍が群れになるほど出現したのならば、手紙も中々届かなくないですか？　カラエフ領だと普通の冬でも届かないのですが」

カラエフ領だけでなく雪深い領地ならば、冬の間孤立することはよくある話だ。私がバーリン領にいた時は、私兵団の団長が手紙を運ばねば届かないぐらいだ。彼女はどうしたのだろう。

「実は領主の弟が、文官として働いているんです。彼のところには実家の私兵団が現状を伝えに来たそうで……。カラエフ領出身のイリーナ様が折角指導者なのだから、休憩時間にでも別室に誘って相談してみたらどうかと助言もしてくれて」

「なぜその文官は、イリーナが女性武官候補に対して指導をしていると知っているの？」

「えっ？」

ミハエルの言葉に、私ははっと気が付いた。

そうだ。女性武官候補はお披露目前なのであまり大々的に動いていないし、次期公爵夫人が指導員をしているという話はさらに情報規制されていると思う。その文官はそれほど王女又は王太子に近い立ち位置なのだろうか？

そうではないとしたら――。

「もしかしてカチェリーナさんが話したのですか？」

「まさか。私からは話していません。この女性武官のお話をいただいた時に、採用試験期間の間は女性武官に関することは誰にも話さないと契約を結んでいるんです。私が話す前から彼は知っていました」

カチェリーナは顔色を変え慌てて首を振る。

「そうでしょうね。この国の国母となる可能性が高い王女の護衛の話だもの。不用意に漏らしたら罰金などでは済まされないわ。だとしたら、なぜ領主の弟は、イリーナがいることを知っているのかしら？　次期公爵夫人が指導官をする件はまだこの国の人間ではないエミリア王女が独断で動いたことだから、本来ならば文官が知るはずもないわ」

罰金では済まされないという話にゾッとする。冬なのに食料は全部賄ってもらえ、冬の間は解雇しないなんて凄い好条件だと思ったけれど、だからこそなのだろう。

私の場合、特にエミリアとそういった契約はしていない。私の立場が雇用ではなく次期公爵夫人で善意の協力者だからだろう。

「なぜ知っているかは、分かりません。ただ氷龍が群れになったらしいと昨日の夜に教えられただけで……。その時私の顔色を見て、カラエフ領は同じように氷龍が群れになったことのある領地だからイリーナ様に色々聞いてみるといいと言われて。ただし、氷龍が群れになったことは極力周りに知られないように別室で話すようにって……」

確かに気持ちは分かるけれど……なんだろう。勝手に私のことを知られていてぞわぞわとする。

「私は王太子殿下に連絡をするから、イリーナはエミリア王女に連絡を取ってくれないかしら？　こちらの内情をどれぐらい文官に明かしているのか確認を取りたいわ。もしかしたら今回の襲撃は、あらかじめ次期公爵夫人を巻き込まないように計画されていたのかもしれない」

犯人の不満はすべて異国の王女に向けたものだった。

王女の行動を知っていての計画性のある犯行だと考えると、公爵家を巻き込み敵対したくないから私が席を外すのを待っていたと言われてもおかしくはない。

ただしその場合、カチェリーナの知り合いである領主の弟は、何かしら襲撃について知っている可能性があり、またカチェリーナも利用された可能性がある。ミハエルが言わんとしたことを理解してしまったのだろう。カチェリーナの顔は蒼白だ。

でも彼女に気を使って胸に留めていい話ではない。

「分かりました。オリガ、次期公爵夫人としてエミリア王女に面会依頼を出してくれるかしら？　できれば早急にとつけて」

「かしこまりました」

王太子の方は直接ミハエルが話せばいいが、エミリアの方は突然押しかけるわけにはいかない。

そのためオリガに先ぶれを出してもらう。特に今日は賊が入り込んだせいで安全確保のために面会謝絶になっている可能性もある。今すぐ話ができればいいけれど、次期公爵夫人の名を出し早急にと伝えても後日に回されるかもしれない。

そんなことを考えながら私は面会依頼を持っていってくれたオリガの帰りを待ったが、部屋から出て行ったオリガはいつまで経っても戻ってくることがなかった。

五章：出稼ぎ令嬢による王女救出

「……遅いですよね？」

　最初は先ほどの件でバタバタしているので、面会依頼も渡せない状況なのだろうかと思ったが、それにしても遅すぎないだろうか？

　一度王太子の方に声をかけに行ったミハエルも既に戻ってきている。とはいえ、王太子は不在だったので、伝言を頼んだだけになったそうだが。

「王宮は広いからですかね？」

　私がぽつりとこぼした言葉に対して、時間が経ったため流石に落ち着いたカチェリーナが反応する。

　彼女が言う通り、王宮は確かに広い。

　それでもエミリアに直接会って話してきてとお願いしたのではなく、エミリアが滞在中の離宮に赴き、使用人に面会依頼を提出するようにお願いしただけだ。あのしっかり者のオリガが王女の滞在する離宮に移動するだけで迷うとも思えない。

　すれ違いになってはいけないと思い待っているが、時間が経つにつれそわそわしてしまう。

「ディアーナ。一度エミリア王女が滞在する宮殿に移動してもいいですか？　どうしてもオリガが心配で」

ただ手間取っているだけならばいい。

しかし先ほどの襲撃のせいか、どうにも落ち着かない。そうでなくても、可愛いオリガが貴族に絡まれる可能性だってあるのだ。

「そうね。確かに遅すぎるわ。ただし、私も一緒よ？」

「えっ。なら、私も」

私が行こうと立ち上がれば、ミハエルも立ち上がった。それを見て、カチェリーナまで立ち上がる。

この部屋を借りているのは私だ。ミハエルまでいなくなったら、カチェリーナも一人では滞在しづらいだろう。

もう少し早めに返してあげればよかったと思うが、どうにも間が悪かった。カチェリーナも行くと言ったので、帰っていいとは言いづらい。下手に彼女にだけ別行動を伝えれば、仲間外れにしているかのようだ。

「私の我儘に付き合わせてごめんなさい。でも大切な傍仕えだから……」

「カラエフ領からついてきてくれた方なんですか？」

「いいえ？　違うけど？」

　そもそも貧乏なカラエフ家に傍仕えはいない。

　貴族らしいものを用意してくれているのはすべて公爵家だ。

「えっ。古参ではないのに大切なんですか？」

「ええ。だって、オリガは私がやりたいように手を貸してくれるし、向上心もあるし……。でもそうでなくても、私が王宮まで連れてきたのだから、私が責任を持つべきでしょう？」

　使用人という立場は弱い。その上で貴族が多くいる王宮で何かいちゃもんをつけられたら、私が前に出るべきだ。今はバーリン公爵家の家名も使えるのだから、そう簡単に負ける気はない。

「イリーナ様は、優しいというか、責任感があるのですね」

「そうですか？」

　今の会話の何処に責任感が関わるのか分からない。

「普通は使用人一人いなくても主自ら動かないと思いますけど」

　なるほど。一般的な貴族令嬢はそうなのか。……確かに、貴族令嬢が使用人を探して、お城の中をあっちにフラフラ、こっちにフラフラしている姿は思い浮かばない。

「そうかもしれないですね。でも私は動く方が性分に合っているもので……」

　自分が使用人だったら、貴族に絡まれたのならば助けて欲しいと思う。使用人という立場ではどうにもならない時もあるのだ。だから本当に何かあったら、私が後悔をする。

王女が滞在している離宮はここともまた別棟だ。

そのため雪かきの時のような温かい恰好をして外に出る。外は雪かきした場所にもまた薄く雪が積もっていた。

「……一面真っ白で方角が分からなくなりそう」

「こっちよ」

王宮に来たことがある回数が少ないので、雪に埋もれるとあやふやだ。キョロキョロとしているとミハエルが手を引っ張った。

……今だけ女性同士だけど、いや女性同士だからこそ、手を繋いだら変に見えないだろうか？　ミハエルの女装が完璧すぎて、これは普通だっけと疑問に思ってしまう。

少し歩けば王女が滞在している離宮に着いた。でも何やら物々しく険しい表情の武官が出入りしている。先ほどの襲撃の関係で護衛の配置を変えたり、事情聴取をしたりしているのだろうか？

「すみません」

使用人に声をかけると、武官にもジロジロと見られる。とても居心地が悪い。この視線の理由は女性武官の恰好だからだろうか。

分からないが、いらぬ諍いをしたいわけではないので、さっさと王女への面会依頼だと要件を伝える。

「エミリア王女様でしたら、本日は面会の取り次ぎはできませんので、後日となります」

「分かりました。それと私は次期公爵であるミハエル・レナートヴィチ・バーリンの妻のイリーナ・イヴァノヴナ・バーリンと申します。実は先ほどバーリン公爵家の使用人を一度面会依頼に遣わしたのですが、まだ戻ってきていません。こちらに来てはいないでしょうか？」

　家名とミハエルの名を出すと、使用人の女性はギョッと目を見開いた。その後すぐに取り繕った顔に戻るが目が泳いでいる。まさか次期公爵夫人が直接面会依頼を持ってくると思わなかったのだろう。

　うん。常識から外れた行動をとって、誠に申し訳ない。

「一度他の使用人に確認をとりますので、客室でお待ちいただけますか？」

　客室でお茶を出されとなると時間がかかる。こちらとしては、ここにいなければ早めに他の場所を探したい。とはいえ、バーリン公爵家の名を出してしまったので、入口前で待たせるわけにもいかないのだろう。

「分かりました。ですが、もてなしは不要です。使用人が来たか来ていないかだけ、教えて下さいますか？　こちらも忙しいようですし」

　私がチラリと武官達を見れば、彼らはばつが悪そうに目線をそらした。相手がバーリン公爵家では不敬な言葉は吐けないだろう。でも私が名乗ったことを幸運ととらえて欲しい。もしも女装中のミハエルに暴言を吐いたら、私が許さなかった。

案内された部屋は、白と茶色を基調とした落ち着いた雰囲気の部屋だ。ワインレッド色のカーテンや薔薇(ばら)柄のカバーのかけられた椅子から女性らしさを感じるが、あまり小物は置かれていない。

前に訪れた時は緊張してあまりしっかり見ていなかったが、たぶん同じ部屋に案内されていると思う。ミハエルは堂々と座っているが、カチェリーナは縮こまっていた。

「王女が滞在する離宮に入るなんて緊張しますよね」

「はい。でも護衛として立っているなら大丈夫だと思います。少し浮足立ってしまうかもしれませんが。でもただ客のように扱われると……」

「分かります」

私も使用人としている分にはそこまで緊張しない。立場が変わると、そこに求められるものが変わるので逃げ出したくなるのだ。

「イリーナは、そろそろ慣れた方がいいわよ」

「分かっているんですけど……」

「ディアーナは慣れているよね?」

ミハエルは本物の公爵家一族だ。ずっとその世界で生きてきたので、堂々としていて当たり前である。

とはいえ明かすつもりはないようで、意味深な笑みを浮かべた。美しい。私はその笑みだけで生きていけると思ったが、チラリと見たカチェリーナは顔を引きつらせていた。

「王太子と知り合いなら……そういう家の出なんですね……」

「私は元々貧乏伯爵家出身です。だからカチェリーナさんと同じでこういう場所で緊張する人間です」

カチェリーナはまるで自分だけ場違いと言いかねない雰囲気だったが、待って欲しい。私も気持ちはそちら側だ。

「イリーナ？　仲間外れはよくないと思うの」

「いえ。仲間外れではなく、事実を述べただけです」

なぜかひんやりとした笑みを浮かべるミハエルに私は首を振った。こんなことで嫉妬は不要だ。事実は事実として認めるべきだ。

「失礼します」

緊張をほぐすように小声で喋っていると、ドアがノックされた。

「エミリア王女のことでお話がございますので、こちらにご移動お願いします」

入ってきたのは最初に話した女性ではなく、壮年の執事だった。ただ、オリガが来たか来ていないかを確認するだけなのに、移動とはこれいかに。

ミハエルはすっと目を細くしたが、立ち上がった。この物々しい状態に関係するのだろうか？　ミハエルが申し出を受け入れるならばと私も立ち上がる。

執事が案内した部屋は、部屋の位置から見て、エミリアが私室のように使用している部屋ではないだろうか？　私は一体何が起きているのか分からず戸惑う。どう考えても、次期公爵の妻だからといって案内されるような部屋ではない。

しかしこちらのためらいを気にせず、執事はノックもなく扉を開いた。

部屋の中は女性らしく整えられ、置かれた家具などから見ても客を呼ぶような部屋ではないのは明らかだった。そんな個人的な場所なのに、部屋の中にいるのが男性武官ばかりでエミリアの姿がないのは異様としかいえない。

そしてそれ以上に異様だったのは、床に敷かれた絨毯(じゅうたん)に、明らかに最初から付けられたとは思えない汚れが見られるところだ。いや、絨毯だけではない。壁にも赤い点が飛び散っている。

それが何か説明される前にひゅっと私は息を呑(の)んだ。

「部屋の中にお入り下さい。ご説明させていただきます」

私達が中に入れば、執事は扉を閉めた。部屋の中は暖炉のおかげでとても暖かいけれど、胸に冷たい氷の剣を突き刺されたような気分だ。

「これはどういうことかしら？」

「少し前のことです。王女の部屋に二度目の襲撃がありました。そして王女は現在行方(ゆくえ)が分かっていません」

ミハエルの質問に対して武官の一人が話し始めたが、一瞬何を言われたか分からなかった。

エミリアが行方不明？　二度目の襲撃？

なぜ、そんなことになっているのか意味が分からない。

「危機管理はどうなっているの？」

ミハエルの鋭い言葉に武官は黙る。指摘されるのは屈辱だろうが、そう言われても仕方がない状況だ。異国の貴賓が連れ去られたなんてあり得ない。

「私からご説明させていただいてもよろしいでしょうか？」

「ええ。あったことをそのまま教えてちょうだい」

執事の申し出に、ミハエルは頷いた。

「一度目の襲撃後、エミリア王女はこの居室に滞在していました。部屋の中に共にいたのはエミリア王女が故郷から連れてきた使用人だけでした」

「この国の使用人も王女にはつけられているわよね？」

「そうなのですが、実は言葉や習慣の関係で中々馴染めておらず、王女が今回起こった襲撃について説明をすると言ってこの国の使用人は一度退室させられていました」

武官とは上手くいっていないと思ってはいたけれどまさか使用人同士も上手くいっていないとは。でも言語の問題で意志疎通が難しく、まだエミリアがこの国に渡ってきてからそれほど時間が経っていないことを思うと、距離感があるのは仕方がないかもしれない。

「護衛任務についていたのは一人の武官だけで、他の武官は聞き込みなどに出払っていました。

王女が移動せず信頼できる者と部屋にこもっていることと、本日中の二度目の襲撃はないだろうと予測したからだそうです」

「護衛についていた武官は？」

「……銃で撃たれた使用人の証言を信じるならば、その武官が裏切ったようです」

「信じるならば？　嘘をついている可能性もあると？」

「失礼しました。嘘ではないでしょう。ただし言葉が不自由なので、もしかしたら上手く伝えられていない内容もあるかもしれません」

執事も何か含むところがあるのかとミハエルが聞き返せば、慌てたように謝罪を口にした。

「撃たれた使用人は話している時も朦朧としており、会話後に気を失ってしまいました。現在は武官の救護室に運ばれています。彼女が言うには、護衛した男が銃を王女に突きつけ、王女を従わせる見せしめとして撃たれたそうです」

話せたから大丈夫だったと思ったが、話した後に気を失っているとなると本当に大丈夫かは分からない。

「銃を撃ったら音が外まで聞こえるわよね。貴方は気にならなかったの？　どうして王女が連れ去られるのを止めようとしなかったのかしら？」

「いえ。私も慌てて部屋に向かいましたが、その時には王女と使用人達と護衛は部屋の外に出ており、避難経路の確認をすると移動されてしまいました。音についてたずねれば、エミリア王女が護衛に対して銃を見たいと我儘を仰ったので、武官の男は一発だけ発砲したと言われました」

「部屋の中で発砲など、おかしいと思わなかったのかしら？」

「申し訳ありません。エミリア王女は女性武官を作ろうとするなどこの国の女性とは考え方が違うので、そういうこともあるのかと思いました」

普通ならどう考えてもおかしい。

でもエミリアと意思疎通が上手くいっていない上に、エミリアならと思わせるほど破天荒なことを毎日していると考えると、そういうこともあるかもしれないと思ったのかもしれない。

「それで公爵家の使用人なのですが、発砲音がする少し前にこちらにお越しになりました。エミリア王女が直接この部屋に来るように仰られたので、私が部屋にご案内しました。……今はあの時部屋の中にいた使用人達と同様に、エミリア王女と一緒に移動していると思われます」

自分が襲われたわけではないけれど、想像するだけで鼓動が早まる。

つまり脅された
エミリアは現在も犯人の指示に従っているということだ。そして部屋に戻ってきていないオリガも巻き込まれている可能性が高い。

「ここに呼んだのは、話を広げるなということかしら？　それとも公爵家の使用人も犯人側の人間だと疑っていらっしゃるの？」

ミハエルの責めるような言葉に彼は顔色一つ変えなかった。私はオリガまで疑われているなんて想像もしていなかったのでギョッとする。

「バーリン公爵家を疑ってはおりませんが、様々な可能性は考えられます。公爵家の使用人が巻き込まれてしまったことは申し訳ないですが、今回のことは外交に関わります。エミリア王女はまだ他国の王族ですので。ですから、公爵家の名に傷をつけないためにも王家が正式発表をするまではご内密にお願いします」

他国の王族がこの国で害されたなど、とんでもない話だ。結婚していたとしても内政干渉をしようとするだろうが、結婚前ならば戦争の口実にもなりかねない。

ミハエルからギリッと歯ぎしりする音が聞こえた。

「なぜもっと厳重な警備を置かなかったのよ。賓客(ひんきゃく)を迎える時の常識でしょうが」

「……申し訳ございません」

執事が頭を下げた。本来は彼がミハエルに謝るべきことではないだろう。もしかしたら、これ以上を話してはいけないということになっているのかもしれない。だからこその謝罪だ。

きっとここでの情報は、これ以上は得られないだろう。でも何処を探せばいいのか。分からないけれど、それでもオリガのことを武官に任せ、ただ待つのは耐えられない。今は殺されなくても、いつそうなってもおかしくない。それどころか、無実の罪を押し付けられる可能性もある。

「行きましょうイリーナ。ここにいても邪魔になるだけだわ」

ミハエルは女神のような笑みを浮かべると、私の手を引いた。普通なら私達が邪魔になるという話なのだろうけれど……ピリピリとした空気から、ここにいても貴方達が邪魔だとあてこすっているように聞こえた。

離宮を出てずんずんとミハエルは進んでいく。その足取りに迷いはない。

「ディアーナ。あの、何処に向かっているの？」

ミハエルが先ほどまで滞在していた部屋とは違う場所に向かっていたので、カチェリーナがたずねた。

「ああ。ごめんなさい。これから私は討伐部に協力を取り付けに行くわ。私が一番信頼できる部署だから」

「えっ。あの。勝手に動いていいのでしょうか？　外交がと言っていたけれど……」

先ほど執事に脅されたため、カチェリーナは不安そうな顔をした。私とミハエルは公爵家の名に守られている。しかしカチェリーナにそれはない。

「いいわ。貴方は戻りなさい。今なら貴方は知らなかったことにしてあげられるし、これから私達がすることを知ったら、もう知らなかった頃には戻れないわ」

「えっ」

ミハエルはカチェリーナを突き放した。

そのことにカチェリーナはきゅっと眉をひそめ、瞳を揺らす。まるで迷子の子供のような顔だ。

「イリーナ様達は……」

「私はオリガを助けるためにできる限りのことをします……。あっ、もちろんエミリア王女も助けますよ？」

「エミリア王女をではないのですか？」

「えっと……エミリア王女も大切なのですが、彼女のことは国全体で守ろうとするじゃないですか。今も武官はエミリア王女のために動いていますし。だからオリガは私が助けます」

使用人の命は王女と比べれば、吹けば飛ぶ軽さだ。何かあった時にオリガが守ってもらえない可能性はある。

「これはイリーナがオリガの主人という立場でイリーナが思う最善を考えた結論だからよ。使用人は幸せでしょうね。それでカチェリーナはどうするの？　貴方の立場で貴方が思う最善を選んで。ついて来ても、来なくても構わないわ。ただしついて来るのなら、口外できないことを知ることになるわ」

人によって最善は変わるだろう。それは立場だったり、大切にする者だったり、性格や能力で、選ぶ道は枝分かれする。

「私も……私も行きます。私はエミリア王女の護衛です」

「そう」

ミハエルは私の手を握ったまま、また歩き出す。

討伐部に行くと言った。一番信頼できるからと。ということは――。

「緊急事態だ。悪いが、手伝ってくれ」

ずんずんと武官の駐屯所に行ったミハエルは、土足のまま突き進み、バンと扉を開いた。突然の女性武官の制服を着た者が現れ、中にいた男性達は、一斉にこちらを見てぽかんとした顔をする。

もしかしたらミハエルの女装が完璧すぎるから誰か分からないかもしれない。今のミハエルは女神だ。

「あの、ミハエル。その恰好では……」

「ぶはははははは。マジで？　マジで、ミハエル上官?!」

「えぇぇぇぇぇ?!　似ているとは思ったけど。嘘っ?!」

「と言うか、お前、アレクセイ?!」

結婚式で会った副隊長が、ミハエルを指さしながらお腹を抱えて大笑いをした。遠慮のない笑いに、ミハエルが青筋を立てる。

さらにさりげなく以前男装して王女の護衛をした時に一緒に仕事をしたイーゴリが私を見て驚いている。何がなんだか分からない様子でカチェリーナは驚いているけれど、ややこしくて説明が難しい。

ミハエルが本当は男だけど偽って女装しているのに対し、私は本当に女性だけど男だと思われ、女装をしていると勘違いされているのだ。下手したら変な誤解をされる。

次期公爵夫人が、実は男という噂だけは勘弁して欲しい。

「緊急事態だと言ったのに、笑っているとはいい度胸だな」

「だって、女装が似合いすぎているんですもん。前の時のイーゴリの女装の酷さを知っている身としては、この完璧美女具合に一周回って腹がねじれるぐらい笑えます。それで、奥さんまで連れて、一体何をやっているんですか？　その服装、今噂の女性武官のものですよね？」

「えっ。奥さん⁈　アレクセイじゃなくて、もしかして姉の方⁈」

ややこしい。イーゴリの知っているアレクセイは私だ。

でもアレクセイは弟の名前だ。つまりは姉で合っているのだけど、合っていない。かつて一緒に仕事をしたのは私だ。

「イーゴリ、うるさい。話が進まないから黙っていろ。そもそもイーゴリの女装と比べるな。できばえが違って当然だろ。イリーナは今、エミリア王女からのお願いで、女性武官候補者への指導に協力している。俺は女性武官が使いものになるかどうかの確認を直接しろという王太子の命令で女装させられているんだ。いいか。この件に関しては、話せる内容は後で話すから、後にしろ」

「了解です。それで、何が緊急事態なんですか？」

副隊長は先ほどまでニヤニヤとしていたが、一瞬で切り替えキリッとした顔となった。

「エミリア王女が襲撃され、現在行方が分からない。一度目の襲撃は俺も対応したが、相手は素人だった。二度目の鮮やかさから、こちらの情報が漏れ、一度目の襲撃も二度目の襲撃をしやすくするためのものだった可能性が高い」

一度目と二度目が違う人間が起こした可能性はないとは言い切れない。しかし上手く護衛が手薄になる時を見計らい、目撃情報がないように王女を誘導する綿密な計画を作ってあると考えると、計画者が同じでなければ不測の事態が起こった時点で実行を取りやめていたはず。

「エミリア王女のことだけならば俺も様子見をするけれど、運悪くイリーナの傍仕えが巻き込まれ、現在共に人質になっている可能性が高いんだ」

「なるほど。それで俺達に何をして欲しいんです？」

「お願いします。オリガを助けるために力をお貸し下さい。……相手は間違いなく内部犯で、王女の予定を掴んでいました。そのため私には誰を信じていいのか分かりません。だから私が一番信じているミハエルが信頼する皆様に手を貸して欲しいのです」

この広い王宮を闇雲に探しても見つかるとは思えない。だから王宮に詳しい信頼できる人間が必要だ。

「もしも門から外へ出られたら追うことは不可能だと思います。しかし門番が信頼できるかも分かりません」

「イーシャの言う通りだ。まず、門から確実に出ていかないよう、門への伝達をお願いしたい。業者ならとか、貴族ならという条件付きでの出入りもなしだ。すべてを王太子命で止めるよう通達しろ。責任は俺が取るから、怪しい動きはさせるな」

「責任って……」

王太子の名前を勝手に使うなんて大丈夫だろうか。オリガは絶対助け出すつもりだけど、同時にミハエルに無理をさせたいわけではないのだ。

不安な気持ちでミハエルを見ると、ミハエルはニコリと笑った。

「イーシャ、心配しないで。王子が俺をいいように使っているように、俺もある程度名前を使っていいという約束があるから。これぐらいなら咎められない」

ミハエルが嘘を言っているようすはないので、私はほっと息を吐いた。

「それから、彼女はカチェリーナ。彼女の領地の領主弟が文官にいるのだけれど、その文官が今回の襲撃に関して何か知っている可能性が高い」

「えっ？」

カチェリーナは何処か他人事のような気分だったのかもしれない。突然名前を呼ばれて、驚いた後、血の気の引いた顔をした。

「わ、私は、何も知りません」

「そうだね。知らなければ、どれだけ拷問しても答えられない。上手く使われた可能性の方が高いね。彼女は王女からイリーナを遠ざける役目を負っていた。たぶんバーリン公爵家を巻き込むのを避けるために」

拷問という単語にカチェリーナは震え怯えた目をミハエルに向けた。

「わ、私は、本当に……」

「なら、それを証明するべきだ。なぜ君はついてきた？　こちらを探るためか？」

「違います！　私は……私はエミリア王女の護衛として選ばれました。だから、私は助けるための最善の行動をとりたいのです」

「だったら、君がやるべきことは、嘘偽りなく証言し、領主弟が何か知らないか確認するのに協力することだ」

ミハエルの言葉に、カチェリーナは真剣な表情で頷いた。

流石はミハエルだ。戸惑っていたカチェリーナにやる気を出させた。少々脅されて可哀想だけれど、ミハエルが言ったことになる可能性は十分ある。もしここで王女に何かあれば、拷問にかけられ、無実の罪で処刑されることだってあり得るのだ。

「領主弟の名前と所属部署は何かな？」

「えっと、名前はキリル・ニコラエヴィッチ・ベリャエフ様です。ただ、部署までは聞いていなくて」

「ああ。ベリャエフ伯爵のところの四男ですか。そういえば最近代替わりしていましたね。なら、俺はそちらの案内に入ります」

副隊長は名前を聞いただけで、誰かが分かったらしい。そして門に向かう人をささっと役割分担をする。何をどうすればいいか分からなかったのに、どんどん話が進んでいくのを見て、私も頑張らなければと気合いを入れ直す。

私が今できることはなかっただろうか……。

「そうだ。すみませんが武器を貸してもらえませんか？」

「えっ？　武器？　ミハエル上官がいいなら、いいですけど」

私が申し出ると、イーゴリはびっくりした顔をしたが、ミハエルが頷いたので許可を貰えた。

「カチェリーナさんはどの武器が得意ですか？　何かあった時のために借りてきましょう」

この先安全だとは言えない。王女をさらった武官は銃と剣を持っているのだ。武器は必要である。ミハエルも自分の剣を腰につけていた。

私もカチェリーナも正式に武官として認められていないので、まだ帯刀が認められていない。でも丸腰ではできることが限られる。

「一番得意なのは何ですか？　不慣れなものを持っても使いこなせませんから」

「えっとイリーナ様？　はどれにされますか？」

武器の話をすると、イーゴリに戸惑いながらたずねられた。イリーナなのか、アレクセイなのか。そもそも男なのか女なのか、本当にミハエルの奥さんなのかそういう設定だけなのかと、色々謎なのだろう。

「とりあえず剣で。後は、ナイフとかフォークとか飛び道具の補充も欲しいですけどありませんか？」

「えっ？　ナイフとフォーク？」

「まあ、石でもいけますけど。とにかく、遠くから投げられるものが欲しいんです」

要は遠くから攻撃できる手段があると便利なのだ。小道具は多ければ多いほど、取れる手段も増える。

「カチェリーナさんは何にしますか？」

「私もとりあえず剣と……弓で」

「剣はとりあえずな道具じゃないけどな」

武官の武器は普通、剣と銃だ。そのため憮然（ぶぜん）とした表情で呟（つぶや）かれ、苦笑いする。

「一番でない武器はとりあえずとなるんです。それに女性の場合は、体格で男性に負けます。だから接近でなくても戦える手段を持つことはいいことだと思いませんか？」

「まあ。そうですけど。剣はこれです。弓はこれでいいか？」

イーゴリが案内してくれたところで武器を選ぶ。

武器庫ではないので選べるほどはないが、それでも借りられるだけありがたい。

「イーシャって、護衛は初めてだよね？」

ミハエルの顔に、本当に初めてなのか、危ないことをしていたのではないかと書いてある。私はつい目をそらした。

「えーっと……昔、傍仕えの真似事をすることになったことがありまして。その時に、護衛も兼務していたので同僚に色々教えてもらったんです」

「何でそんな危険な仕事を……」

「まあ、色々あって。ただその仕事を受けたおかげで、私は家にある唯一のミハエル様の姿絵をお嬢様にいただくことができたんです。お嬢様はミハエルの婚約者候補として、貰っていたようでして」

やってくれたら何でもプレゼントすると言ってもらえた時にミハエルの姿絵を持っていることを知ったので、つい引き受けてしまったのだ。

「えっ。婚約者候補？　俺はイーシャ一筋だからね?!」

「知っていますし、過去の話ですから。それに顔合わせすらなくなったからと捨てられるところでしたから」

あれは本当に運命の出会いだった。少し傍仕え任務をしただけで、ミハエル様を貰える仕事など本当に幸運である。

「さあ。もう終わった話はこれぐらいにして、オリガを取り返しに行きましょう」

慌てるミハエルににこりと笑い、私は選んだ剣を腰に差した。

文官達が仕事をしている建物は王宮とは別だが、王宮に隣接している。

武官の駐屯所と違い、文官棟と呼ばれる場所は異国からの使者も入るので、美しい作りとなっていた。

その中を私とミハエル、カチェリーナそれに副隊長のティムールが足早に進む。

「こんな場所だったんだ……」

「カチェリーナさんは初めて来たのですか？」

「はい。いつも会う時は、王宮の外の食事処だったので。仕事の時は公私を分けたいからと会ったことはないです。だから部署も知らなくて……」

弓矢を背負い勇ましい姿なのに、心細そうな暗い顔でカチェリーナは話す。彼女からすると知り合いが悪事を働いて、さらに自分はいいように使われていたと言われ、散々だ。しかも領地では氷龍が群れになっているという情報……どう考えても悪夢である。

それでも頑張ってこの早足についてきているのだから偉いと思う。できることなら、彼女がこれ以上傷つくことがないといいけれど……。

「ティムールさんはキリルさんと知り合いだったんですか?」

「違いますよ。キリル・ニコラエヴィッチ・ベリャエフは、討伐部で研究部ができるならそちらに異動をしたいと裏で手を上げていた要注意人物なんです」

「裏?」

「噂好きなのは何処にでもいるということです。まあ、そんなわけでミハエル上官が調べろって命令をしていたんです。ですよね?」

ミハエルは肩をすくめた。

「まあね。噂を持ってきてくれたのはティムールだけど。俺は研究部に対しては慎重派で、誰がどう動いているか情報を集めているんだ」

「……ミーシャは、もしかしなくてもカチェリーナとベリャエフ家の四男のこと知っていました?」

私の言葉に、ミハエルがギクッとした表情をした。

「いや。えっと。こんなことが起こることはもちろん知らなかったよ。本当だよ?」

「分かっています。ミハエル様がそのようなことをされるはずないですもの」

「……い、イーシャ?」

「カチェリーナさんが拷問されるなんてこと、ありませんよね?」

「もちろんさ。俺達に協力してくれるなら、非道なことは俺が許さないよ？」

言質は取ったとカチェリーナを見れば、青白い顔をしたままだったが、キョトンと目を丸くした。

「色々不安なことも多いと思いますが、公爵家嫡男であり、次期公爵とされているミハエル様がいるので、協力さえしてもらえれば悪いことにはならないので安心して下さい。ミハエル様は凄いんですよ？　とても頼りになりますから」

「あ、ありがとうございます」

「綺麗にまとまったところ悪いんですけど、ミハエル上官はちゃんと女言葉を使って下さいね。えっと、今なんて名乗っているんでしたっけ？　アセルちゃん？　ディアーナちゃん？」

「……ディアーナよ」

ミハエルは心の底から嫌そうな声で名を名乗った。

「それでお願いしますね。その姿で男言葉は怪しすぎますし、下手をすると色々足を踏み外しかねない者もいると思うんですよね。被害は最小限にしないと」

「おい」

場を和ませるように話しているようだが、ミハエルはさらに不機嫌そうな顔をした。そんな不機嫌な顔も麗しいとか、私も足を踏み外してしまいそうだ。

「だってどこからどう見ても美女ですよ。女装が似合いすぎて俺は腹筋が崩壊しそうですが、中には常識の方が崩壊して、男でもいけるっていうのが出ると思うんですよ。それが嫌なら女性だと通して仕事が終わり次第、存在を消して下さい」

「何で私にはいつも、その手の噂が出てくるのよ」

男色家の噂に振り回され続けているミハエルは本当に嫌そうだ。でもなぜその手の噂が出るのかと言えば、ミハエルが美しすぎるからだろう。並の女性より美人だ。婚約者ができたのが遅かったというのもあるけれど、美人だからこそ妄想するのも楽しい。

「あっ。そろそろ静かに」

ティムールは人差し指を口に当てるポーズをとった後、にっこりと人好きのする笑みを浮かべて文官の一人に声をかけた。

「すみません。キリルいますか？」

「キリル？」

「キリル・ニコラエヴィッチ・ベリャエフです」

まるで旧友でも呼ぶかの空気に相手の男は何も疑わない様子だ。チラリと部署内を見て、近くの職員に声をかける。

「申し訳ないですが、キリルは少し前から席を外しているみたいです」

「そうですか。困ったな。神形（みかたち）のことで相談したいことがあったんですけど……」

「伝言なら残しておきますが？」

男は面倒そうな顔をしつつも代案をくれた。しかしこちらもいつ戻ってくるか分からない相手を待つわけにはいかない。

「それは困ったな。彼が何処へ向かったか他の人にも聞いてくれませんか？」

「えっ。私も忙しい――」

反射的に断ろうとした男の耳元で、ティムールは何やら囁いた。すると男は目を見開く。

「本当か?!」

「はい。男に二言はありません」

「待っていてくれ」

敬語も忘れて、ビューンと部署に戻っていった男とティムールを私は何度も見た。なんという手の平返し。

「一体、どんな魔法を？」

「調べてくれたら、彼の憧れの君がよく行くお店を教えるよと伝えただけです。そのチャンスをものにできるかどうかは本人次第ですけどね。安心して下さい。まだまだネタは持っています」

「えっ？」

憧れの君の行きつけの店を教えるって……つまり、憧れの君を知っているということで。えっ？　一体どれだけの人を調べたの？　いや、そもそも憧れの君の行きつけの店まで知っているとか……。

　ちょっと信じられない情報にゾッとする。

「その表情は心外だなぁ。先輩——つまり、イリーナ様のお父上の方が、俺なんかよりずっとえげつない情報戦ができますよ？　俺より多くの情報を持っていますし、俺も売ってもらったことありますから。学生時代は王族を脅したという噂もあったぐらいで。でもやりすぎると、先輩の方が精神的に参ってしまうので、色々勿体ない人ですよねぇ」

「は？」

「あっ。俺が言ったのは先輩には内緒で」

　冗談……だよね？

　王族を脅した噂はあくまで噂だし。私も精神的に参ってしまわないよう、聞かなかったことにしよう。きっと何かの噂と噂がくっついてできた眉唾物の都市伝説に違いない。

「これだけ情報の扱いに長けているなら脳筋ではないはずなのにね」

「こういう情報戦ならできますけど、書類業務はからっきしなんです。文字を見ていると気分が悪くなるし、書くとミミズになります。なので、自分は今後も脳筋組として、ミハエル上官を頼りに生きますので、よろしくお願いします」

「よろしくしないで下さる？」

　はあぁぁぁとミハエルはため息をつく。ため息は素っぽいが、それでも女性の言葉を使い続けている。そしてそこに違和感がないのが凄い。流石ミハエル様だ。

「書類が苦手なのですか？」

「苦手以上です。頭が痛くなるのでできるなら見たくもないですね。剣を振り回しているだけの方が楽です。子爵家の五男だったので、これ幸いと文字を見なくても済む武官を目指したんですけどねぇ。武官なら自分の名前だけ書ければいいと思ったのに、世の中上手くいきません。でも書類仕事が得意なミハエル上官の部下になれて良かったです」

書類を見たくないだけなら、もっと他にあった気もするが、人を使うのが上手いのなら、ミハエルには頼りになる人材だろう。

「昔、書類が溢れる部屋を天国とか、皆安全な室内の仕事をやりたがるとミハエルに言っていなかったかしら？」

「ディアーナ。すべての人間に合うものなんてないんですよ。一言も俺にとってとか俺も含めとか言ってないじゃないですか。というか、昔の話をぐちぐちいう男はモテませんよと、ミハエル上官にお伝え下さい」

「イーシャにだけモテればいいんだよと、言っていましたわ」

うふふふふとミハエルは上品に笑っているが、怒りのオーラが見える。

「キリルが移動するのを見たという人がいました」

緊張感に欠ける話をしていると先ほどの男性が戻ってきた。

「たまたまあそこの廊下の窓から外を歩いているのを見たそうです。雪かきができていない場所を歩いていたので印象に残っていたそうで。足跡がまだ残っているんじゃないですかね」

「ありがとう。店の名前は――です。上手くキリルに会えたら、もっと詳しく情報を伝えに来ますよ」

店の名前の部分は私にも聞こえないぐらい小声だったが、文官の男の耳にはちゃんと届いたようだ。嬉しそうに目が輝く。

「楽しみに待っているよ。心の友よ！」

心の友までの昇格が早すぎではないだろうか。冗談ぽくあるが、それを言える空気を持つティムールが凄い。

文官の男と別れ、私達は再び足早に移動する。最近は女性武官も雪かきを積極的にしているので、雪かきがされていない場所は、冬は使われていない場所だ。

「何でこんな道を使うんですかねぇ。歩きにくいったらない」

「人目に付きたくないから以外にないでしょうが。別の道を歩くことだってできるんだから」

「分かっていますよ。でも本当に歩きにくいんですよ。イリーナ様とカチェリーナさんは大丈夫ですか？」

「私は大丈夫です」

「私も、なんとか」

少し息を切らしながらも、カチェリーナもついてきている。

雪が多い地域の出身だと言っていただけあって、足取りに不安定さはない。

「女性武官の訓練の成果ですね」

「女性武官の訓練ってどんなことをやっているんです？」

「それは伝えていいという許可がありません」

私はそう言い肩をすくめる。どうやら色々内緒にされているようなので、話さない方が無難だろう。

「残念だなぁ。あっ、ディアーナが訓練中どんな様子だったかだけでも教えて――」

「無駄な情報収集をこんなところでやらないように」

「いてっ。雪玉を投げているように見せかけて、氷みたいに固くしたやつぶつけないで下さい。手伝ってあげているんだから、面白ネタくらいくれてもいいのに」

雪玉をぶつけられて、ティムールは口を尖らせた。一番年長なのに軽く、緊張感がないけれど、あえて私達の気持ちをほぐそうとして道化を演じてくれているような気もする。なので、ここは私も情報を提供するべきだろう。

「ディアーナ情報ならば任せて下さい。ディアーナは、女神でした。美しいのに強いを体現していて、まさに武神。剣捌きは凄く、どの型をしてもまさに手本といわんばかりに綺麗なのです。空間にメモリがついているかのように寸分たがわない動きは、まさに天性のものですね。

切っ先の動きが美しすぎていくらでも見ていられます。でも天性だけでこの動きができるはずがありません。ディアーナはそれを可能とできるように鍛え――」

ここぞとばかりに、私は今まで話したかった、ミハエル様女神伝説を話す。剣技も凄いが、雪かきをしている時だって美しいのだ。汗一つ、汚く見えないとか、もう次元が違う。

「――そしてですね、強いだけではなく、気遣いもまさに女神です。私が落ち込んでいる時は手を差し伸べ、私の心までも救って下さったのです。このような慈悲深い人物がディアーナ以外でいるでしょうか、いや、いません。それからですね――」

「あー、イリーナ様。すみません、俺が間違っていました」

息継ぎをする間も勿体ない。

私がここぞとばかりに布教活動にいそしむと、中途半端な箇所でなぜか謝られた。

「えっ？」

「そろそろ足跡が途切れる部分まで来たから、お喋り（しゃべ）は止（や）めようね」

そんなに話したつもりはないが、気が付けばかなり離れた離宮近くまで来ていた。いつの間に。

おかしい。まだ半分も話していないのに。

「意外と近いんですね。もしかして近道でしたか？」

「そんなことはないはずですよ」

「どうしましょう。もっとお伝えしなければいけない女神伝説が沢山(たくさん)あるのですが」

「……とりあえず無暗(むやみ)に深淵(しんえん)を覗(のぞ)き込んではいけないことが分かりましたので、十分です」

「その深淵には絶対はまらないように」

雪の中歩きながら話すのに疲れたのか、ティムールの顔色はさえない。

それにしてもいつ深淵など覗き込んだのか。ミハエルの忠告に首を傾げる。雪が多くて歩きにくかったが、そんな危険な場所は歩いていないと思ったけれど。

「私は逆に、深淵を知れたおかげで踏み止(とど)まれました。誰しも完璧ではないのですね。危うく、別の深淵に足を踏み外しそうでしたので、よかったです」

「えっ？　何処に深淵が？」

カチェリーナまで同意したので、私は深淵の場所をたずねるが誰も教えてはくれなかった。その危険がすぎ去ったならば別にいいのだけど。うん。とにかく今はオリガ達に集中するべきだ。

「可能性が高そうなのは、ここのサロンですかね。冬は表門から遠いので、あまり使われませんが、女性の王族がよくお茶会に使っている場所です」

「ああ。俺も呼ばれたことがある。庭園が綺麗だから、春から夏に多く使われているね。雪で隠れてしまって分かりにくいけれど、あそこに水の神形である水馬(ケルピー)の像があるんだ。像は一角獣にもなっていることから乙女の離宮という別称がついているよ」

今は雪に埋もれてしまっていて何があるか分からないが、どうやら一角のついたケルピーの像が飾ってあるらしい。

「だから王女がこちらに向かっている姿を誰かが目撃してもそれほど目立たないと思う」

ミハエルの言葉に頷き、私達は屋敷の中に入る。

施錠はされていなかったが、中は光がなく暗い。

靴を履き替えられないので、雪で廊下を汚してしまいそうでためらわれたが、私達より先にドロドロの状態で移動した人物がいるようだ。廊下が濡れている。これならば私達が土足で入ってもそう変わらないだろう。

暗い中ミハエルが先頭に立って、先へ進んでいく。できるだけ足音を立てないように、私達は進む。とても静かで、呼吸音も心臓の音も響いてしまいそうだ。

そして一つの部屋の前で、ミハエルは止まると、口に指を当て、扉に耳を当てた。どうやら誰かが中にいるらしい。

私も同じように耳を当て、中の音を拾う。

防音がしっかりしているので、少し聞き取りにくい。喋っているのは男のようだ。

「――俺の祖先は建国で大きな働きをしたのに、与えられたのは雪ばかりで、王都からも遠い土地だ。氷龍の出現は多く国のためと討伐しても当たり前で、感謝もされず、王はそんな俺らから取り上げた金で贅沢三昧」

どうやら現状の不満をぶつけているようだ。内容的にカラエフ領に似たような土地の人物だろうか。チラリと見た、カチェリーナは耐えるように目を閉じ、唇を噛んでいた。その顔を見ただけで、この演説をしているのが、キリルだと悟る。

「何でこんなに離宮があるのですか？　今日も俺ら以外使っていないなんて無駄でしょう？　西の国からの輸入品を得るために流れる金額を知っていますか？　逆にこちらから出ていく食料を知っていますか？　その食料があればと思う領地の気持ちが分かりますか？　北部の人間はもう限界です。毎年飢え、それでも来年のためにと種を残し、身を寄せ合って暖を取る。神形が出れば、それを命がけで討伐するけれど、王から感謝されることはありません。自領だけでは討伐できず応援を呼べば、もう何も残っていないところから金銭を出さなくてはいけなくなる。俺達だって望んでこんな土地に生まれたわけじゃないのに」

輸出しなければ、外から欲しいものが買えない。

でも食料を輸出すれば、国の中の食料の値段は上がる。結果、欲しくても買えない。

そんなことを、血を吐くように話す。その話は、まるでカラエフ領のことを言っているようで、私を動揺させた。

「エミリア王女。貴方に恨みはありません。それでも貴方の国と縁を結ばれては困るのです。この国で氷龍の研究をしたいと言ってくれる、国があるんです。その研究に協力して、氷龍の討伐をしなかっただけで莫大な金をくれたんです。ようやく氷龍に悩まされ続けた、俺の故郷が日の目を見るんです。お金さえあれば、少ない食料しか育たない場所でわざわざ育てる必要もない。今度はこの国が買えばいいのですから――」

「馬鹿なことを……」

ポツリとミハエルが呟く。

ミハエルは正しい。それでも私は彼の気持ちが分かってしまう。ひもじく辛い冬を越えてきた者だけが知っている真実だ。

それでも氷龍を育てるというのは、この国を消す行為だ。絶対氷龍は討伐しなければいけない。それをカラエフ領では幼い頃からずっと言い聞かされる。

彼は違ったのだろうか？

そうでなくても現状を落ち着いて見れば、失敗なのは分かるはずだ。国中が異常気象となっていて、このままでは春が遅れてしまう。どう考えてもこのまま氷龍を複数出現させ続けてはいられない。たとえお金が手に入っても、それだけで生きてはいけない。

氷龍を増やす行為は故郷を捨てる行為だ。

「もう俺達は待てないんです。この国でも神形の研究をという話が出ているのに、王太子が止めています。俺達を顧みず、何不自由なく暮らす王太子を王とするわけにいかないんです――」

「俺の合図で、中に突入する」

ミハエルが突入を告げた。

話しているということは、犯人も今すぐエミリアを殺そうとしているのではなく、話し合いで解決しようとしているのだろう。でもいつその均衡が壊れるか分からない。

私も心を落ち着かせる。考えることは人質の安全と犯人の確保。……犯人に同情するのは後だ。

「カチェリーナさんの弓矢の精度はどれぐらいですか？　狩に使っていましたか？」

「村の中で、鳥を落とすのは一番上手でした。でも近距離に王女がいるならばもしも当ててしまったらと思うと怖いです」

「なら、私が投げたものに矢を当てることはできますか？」

「たぶん」

不思議そうな顔をするカチェリーナに私が今持つ道具で使えそうな作戦を小声で告げる。中にはきっとオリガがいて、最善の行動をとってくれる。

「五、四、三、二、一」

ミハエルとティムールが両開きの扉を開けた。

その瞬間、皆の目がこちらを向く。私はその中にオリガの姿を見つけた。手足は縛られていない。いける。

『ピュウ、ピュウ、ピューウ』

私は指を輪にして指笛を吹きながら、反対の手で内ポケットに隠し持っていた瓶を探し出した。そしてそれを天井に当たらない程度の高さで弧を描くように投げた。それを追うよう矢が走る。

中にいた者達は飛んできたものに警戒し空を見上げると、瓶に矢が当たり割れた。

「ぎゃっ!!」

「目がっ!!」

「できるだけ吸わないで。次、行きます」

別の瓶を投げれば、それをカチェリーナが射る。

ミハエル達は怯んだ男達の征圧にかかる。女性達も咽せているが、致死性のものはないので許して欲しい。

ある程度のところで、私も討伐に参加だ。

お茶用の椅子を持ち上げると、男めがけて投げる。当たらなくても、怯ませるには十分だ。

ナイフやフォークも投げて武器を落とさせる。目や手などが使い物にならなくなっている男達をミハエルが蹴り飛ばす。長い髪が舞い、まるで踊っているようで美しい。女神様の降臨だ。

ミハエルに倒される者は幸運を噛みしめるといい。

「イリーナ様、後ろっ!!」

私は振りおろされた剣を避け、振り向きざまに、みぞおちに拳を入れる。とはいえこれでは

弱いので、呻いた相手の股間を蹴り上げた。
言葉にならない絶叫を上げ崩れ落ちた相手から次の相手はと見れば、既に征圧は終わってい
た。……そしてティムールが凄く恐ろしいものを見るかのような顔で私を見ていた。ミハエル
の顔も心なしか固い。
「あの……」
「うん。イーシャが無事な方が大切よね。お疲れ様。とりあえず、身ぐるみを剥いでロープで
縛りましょうか。エミリア王女は……」
「ここよ。私は大丈夫」
エミリアは頭にかぶっていたテーブルクロスをずらし、少し血の気の引いた青白い顔を出す。
テーブルクロスをずらしたことで、さらさらと茶色い粉がこぼれた。
「申し訳ございません。粉末がかかるのを防ぐため、一時的にテーブルクロスをかけさせてい
ただきました」
オリガはそう言って、王女からテーブルクロスをどかした。テーブルクロスを引き抜かれた
テーブルの上には花瓶が置いてある。無事にテーブルクロス引きは成功したようだ。まあ、失
敗でも王女を守るためならば、花瓶一つぐらいたぶん許される。
「……イリーナ、一体何を投げたのかしら？」
「胡椒やトウガラシ粉などを混ぜたものです。目に入ると、痛むので、ちょっとした目つぶし

ですね。まだまだ改善しないとですけど、効果があってよかったです」

「えっ。効果があってよかったって……えっ？　な、なぜ、そんなものを持っているのかしら？」

「前から目つぶしに使える武器が何かないかと考えていまして、ミーシャの遠征中に色々な使用人の方と試行錯誤していました。今回女性武官で使えないかと使用人に準備してもらい持ってきていました。役だってよかったです」

公爵家の私兵団からの攻撃は日に日に精度を上げている。となれば、迎え撃つ私もさらなる挑戦をしなければならないと思い、楽しく研究していた。できれば顔に当てたら割れるとか、矢を当てなくても使えるものをもっと研究したいところである。

「毒物ではないので死ぬことはないですが、巻き込まれると結構な痛みがあるんです。なので仲間内で指笛を鳴らし、目つぶしの武器を使用することを事前に伝えてはどうかとオリガと練習していたんです。オリガもちゃんと反応してくれてありがとう。オリガはとても頼りになるわ」

オリガも練習しておいたテーブルクロス引きが上手くいって嬉しそうだ。

でもまさかこんなに早く使うことになるとは思ってもいなかった。

「イリーナ様、凄いです。こんな弓の使い方があるなんて思っていませんでした」

カチェリーナが頬を紅潮させ、キラキラした目をした。非力なりの戦い方に興味を持ってもらえて何よりだ。是非、これからに役立てて欲しい。

「女性はどうしても腕力で劣りますから、色々工夫が必要なのです」

「……劣る？」

ティムールが投げた椅子を見て呟いた。いや、だって。とっさに投げるなら、机より、椅子だと思うのだけど。

「まあ、私は腕力がありますが、一般論として劣るんです。とにかく、備えあれば憂いなしです。靴底ナイフも、フォーク投げも、テーブルクロス引きも役立っているじゃないですか」

「そうね。イリーナはどんどん強くなっているわね」

「ミハエル様を守るために結婚したのですから、当然の努力です」

何のために結婚した？

色々な理由はあるけれど、初志は忘れてない。彼を守るために私は結婚をしたのだ。だから私はもっと強くなりたい。胸を張って宣言すると、ミハエルは眉をひそめた。

「そこは好きだから結婚したと言うべきではないかしら？」

「好きだから守るんですよ？」

すべては憧れから始まったけれど、好きだから守りたいのだ。

私の全力の愛の前に、ミハエルは嬉しそうな、でもどこか困っているような笑みを浮かべた。

王女へ襲撃が二度もあり、しばらくは厳戒態勢に変わった。女性武官候補達は筋トレという名の雪かきを一週間ほどひたすらするだけになっている。エミリアが信頼している元『女性騎士』は一時的に傍仕え業務を再開したそうだ。落ち着いたら訓練にまた加わるそうで雪かきには参加していない。

筋トレばかりなので不満も出てきそうだが、カチェリーナが妙に私を持ち上げ、どれだけ持久力と筋力が必要なのかを語り、奇抜な戦い方を語り、もっと柔軟に色々考えるべきだと、作戦会議をしている。……まあ、持久力も筋力も必要だし、足りない部分をどうしたら補えるか考えるのも大事なので方向性は間違っていない。間違っていないけれど、なぜ二言目には私を褒めるのか。

いらない。そこに私の賛美はいらない。

「ディアーナの方が素晴らしいのですよ？」

「そうですね。ディアーナも素晴らしいですね。それで、イリーナ様なんですが――」

はいはいみたいな感じで、流さないで。

お願い。私が広げたいのはミハエル教なの。イリーナ教を爆誕させようとしないで。カチェリーナは一体どうしてしまったのか。オリガに相談しても、うっかり足を踏み外したのだろうが、こういう時はそっとしておくのが一番だと言われてしまった。でもそっとしておいたら、何か大変なことになりそうで怖い。

そんな感じで過ごしていると、エミリアと王太子の連名でお茶会の招待が届いた。今回はミハエルと一緒にということなので前回よりは気持ち的に楽だ。後は、王女であるエミリアと毎日訓練の合間に顔を合わせていたので、慣れた。人間は慣れる生き物であると改めて感じる。ミハエルの婚約者なんて無理と思っていたけれど、実際何とかなってしまっているのだから。

「お招きいただきありがとうございます」

「気楽にしてちょうだい。私を助けて下さったことに対して、しっかりとお礼を伝えたくてお呼びしたの。今日のお菓子は私の母国で食べられているりんごのケーキよ」

出されたケーキは、ふんわりとした生地の中に、さいの目切りされたりんごが入っていた。表面には白いものが塗られている。甘いし砂糖だろうか？

「とても美味しいです」

「良かったわ。イリーナ達が私を助けてくれなければ、最悪の事態も考えられたと思うの。本当にありがとう」

「いえ。ご無事でよかったです」

エミリアのことも助けるつもりだったが、私が動いたのはオリガがいたからだ。とはいえ、それはこの場では言わない方がいいだろう。

「この度のことは俺からも謝罪させてもらうよ。公爵家を巻き込んでしまい申し訳なかった」

「謝罪を受け入れます。公爵家からは今回の件に関しては何も発言しないと父から伝言を預かりました」

何も発言しないということは、エミリアへの襲撃を発表してもしなくても公爵家は何も言わないということだ。

「ただし次期公爵夫人に女性武官の仕事をさせるならば筋は通して欲しいと伝言を預っています。公爵を通さないどころか、契約書もなく、帯刀も許されずではとてもではないですがお預けできないと手紙が届いています」

「えっ。あ、あの。私が勝手に引き受けてしまって……」

いくらなんでも次期公爵夫人が女性武官の指導とか問題ですよね。

ミハエルが許しても公爵から届けられた言葉に私はぶるりと震えた。手紙のやり取りをしていたことは知っていたけれど、まさかそこにそんなことが書かれていたなんて。

「違うよ。父上はイーシャにはまったく怒っていないからね。無作法をしているのは王家の方だ。俺が納得して契約し、期間限定で王子に使われているのと、武官になったわけでもないのにイーシャが使われるのは話が違う――と俺が父上に叱られたよ。でもその通りだ。俺はイーシャに話を聞いた時、ちゃんとイーシャの安全が確保できるよう、帯刀などの条件をもぎ取ってこないといけなかったんだ。公爵家としてはイーシャがしたいことを止める気はないよ。そもそも全員自由だからね。でも軽く扱わせる気はさらさらない」

次期公爵夫人だから契約書もないと思ったのだけど、その立場だからこそ、口約束のみで危険を減らす手立てもなく使われたのはよくなかったようだ。

「結婚前とは、イーシャの立場が違うということは分かりますよね？」

「ごめんなさい。そこは私がよくなかったのね。この国の打診の仕方を知っておくべきだったわ。……言い訳になってしまうけれど、私の国では私がしたいことをできるように調整する役目の使用人がいたの。男性だから不義を疑われる原因になってはいけないと連れてこられず、自分で動くしかなかったけれど、どうすればいいか分からなかったの」

エミリアは申し訳なさそうに目を伏せた。

私にお茶会を申し入れて指導員をお願いしてきたり、女性武官候補の訓練を毎日見に来て一人一人に声をかけたりと自分で動くことが多い方だと思っていたけれど、エミリアもどうするのがいいのか分からず手探りだったのかもしれない。

「すぎたことを話しても仕方ありません。この件は王子も公爵家に対する借りだと思って下さい。そして今後は、イーシャの扱いに対して公爵家から条件をつけさせてもらいます」

事件について何か話があるのかと思ったけれど、唐突な反省会に私は目を白黒させた。

王子と王女を謝罪させるとか、もう白目をむきたい。元貧乏伯爵令嬢には刺激が強すぎて、何を言えばいいのかも分からない。

「分かったよ。公爵に後日対談をお願いしてもいいだろうか？」

「父に伝えておきます。さて、イーシャについてはこれでいいとして、結局女性武官はどうするのですか？　王子もなんとかして賛同を得ようと動いていたのですよね？」

「……本当に、この国の男共は、頭が固くて嫌になるわ」

先ほどまでの申し訳なさそうな顔から一転、エミリアは目を吊り上げると口を尖らせた。

「何か私がしようとする度、女性ですからやら、この国の常識は違うやら、あぁぁぁぁ腹立つ!!」

「え、エミリア王女？」

そんな取り繕いのない態度をしても大丈夫なのかと心配したが、よく見ればこの部屋にいるのは私とミハエルと王太子とエミリアで、傍仕えはエミリアの国から来た人間のようだ。王太子は使用人を誰も連れていないので、密談予定だったのかもしれない。確かに公爵家に謝罪とか、広げるわけにはいかない内容だ。

「私はお人形ではないわ。言葉を尽くさず、ただ自分達の業務が簡易になるような助言をされて、信頼関係なんて結べるはずがないじゃないの」

まだ嫁いでいないのに女性武官の制度を作ろうとするなど、かなり大きくこの国のやり方を変えようとしている。そして自分の目で女性武官が上手くいくかどうかを確認するというのは、王女らしくはないだろう。普通ならば命じておしまいだ。

その辺りのことを言われたのかもしれない。

「国が違うのだから警戒してくるのは初めから分かっていたわ。私も彼らを信頼できなかったもの。だけど私を何も知らないと下に見てくるのは我慢ならなかったの。それでも、私は王女なのだから取り込めるように動かなければいけなかったのよね……」

叫び終わったエミリアは再びしょんぼりと肩を落とした。本当に腹が立って仕方がなかったのだろう。でもそれだけではなく、反省もしたらしい。

「女性武官候補を視察に行く度に、外で護衛させたのは悪いことをしたと思ったわ。今回火のついていない部屋に閉じ込められて、初めて厚着をしていても凍るぐらい寒いと知ったの。きっと嫌な任務だったわよね」

「えっ？　あれって、嫌がらせだったのではなかったのですか？」

「……嫌がらせだと思われていたのね」

思わずたずねれば、エミリアは困ったような顔をした。

まつげも凍る気温で、雪が降る中外でじっと警護させられるなど地獄だ。

「この国の冬がここまで寒いと分かっていなかったのよ。ほとんど外に出る機会もなかったから、ずっと寒い中にいるということがどういう状況なのか分かっていなかったの。雪といえば雪遊びでしょう？」

雪遊び？

えっ？　今年の冬はこの国でもいつも以上に雪が酷いと伝えてあったのに？　そもそもこの雪の量を見て雪遊びとか？

私がギョッとした顔をしたからだろう。エミリアは目線をそらした。

「ごめんなさい。私の認識不足だったわ。私の国でも雪は降るけれど、私が住んでいた場所はそこまでではないし、冬の間王宮から出ることもなかったから、寒いと痛みを感じるとは思わなくて……」

ああ。悪気なく、情報が認知に繋がっていないんだ。

私にとって寒いということは死と隣り合わせの話だけれど、それはその経験をしているからだ。暖かい暖炉の前が当たり前の世界で暮らしていて、暮らしの中で寒い廊下に薪を取りに出ることすらない彼女との常識には大きな乖離があるのだと思い知る。

「私ももっと知ろうとして、歩み寄るべきだったわ。少なくとも、言葉が通じないことがあっても、カチェリーナは私を守ってくれたもの」

「そうだね。それにもう少し事前に相談してくれたらよかったと思うよ。色々と根回しが足りていなかった。でもそれを止められなかった俺の責任でもある」

「イリーナ、振り回してしまってごめんなさい」

「い、いえ。大丈夫です」

再び謝罪され、私の顔は盛大に引きつった。

公爵家としてはもう少し堂々とした対応で、むしろこれを機に条件を述べるべきかもしれない。しかし公爵家の一員に新規参加したばかりの身としては、まだその対応は無理である。

正直、もう私に対しての謝罪は止めて欲しい。

「それで女性武官の件だけれど、エミリア王女の心情的にも自国からついて来てくれた者が一番信頼できて、『女性騎士』を護衛にしたいのは分かる。今回俺の国の武官が裏切ったのだから、それを理由に特例という形で彼女達三人をエミリア王女の護衛専門の武官として取り立てようと思う。ただし家庭教師をつけるから、彼女達にはこの国の言葉を優先的に覚えてもらいたい。流石に意思疎通が難しいままなのは困る」

「そうね。そうしてもらえると私もありがたいわ」

武官と認められたら帯刀が認められる。そうすればこの間のような襲撃があった時、取れる手立ても増えるだろう。

ただ意思疎通が上手くいかなければ、何かと問題も起こりやすい。だからせめて馴染む努力をしているところは見せなければならない。

「残りの女性武官候補者だけど、ミハエルの目から見て使えそうかい？」

王子の質問にミハエルは難しい顔をした。そしてチラリと私を窺い見たところからして、あまりいい意見ではないのだろう。それでも現役の武官の公平な意見は大切だ。

「現時点での話をさせてもらうならば、使えません。まず一度目の襲撃の時、武器の所持をしていなかったとはいえ、守るための壁になれなかったのは、任務放棄です。そしてその後に簡単に襲撃犯の言葉に不安になり、不敬発言をする者がいたのもマイナスです。ただしこの点は、カチェリーナが王女を庇う発言をしたので、全員の思想に問題があるわけではないので教育次第ともいえます。それから体力、技術も及第点に到達していないのは問題です。そして男性の武官および文官からの目が厳しすぎます。この状況で無理に取り入れればエミリア王女に厳しい目が向けられるでしょうし、馴染むことも難しいでしょう」

ミハエルの言葉をエミリアは神妙な顔で聞いていた。

確かに現状では足りないことばかりで、今すぐに武官を名乗れる状況ではない。新人なのだと思えば仕方ない部分もあるけれど、男性武官も自分達の仕事が取られるかもしれないという不安があるのだから、本来はそれを払拭するだけの能力を見せなければいけない。

「……上手くいかないわね」

「ならミハエルが以前案を出してくれた、武官補佐という形で順を追って納得させるのはどうだろう？」

武官補佐？

聞きなれない言葉に私とエミリアが首を傾げれば、ミハエルが軽く説明を加えてくれた。なるほど。武官未満で給料が下がるけれど、帯刀許可が出る立場なのね。

「でも補佐から武官になれる道筋がないと、女性は男性と同等の能力を身につけても、男性より下の立場だと認知されてしまわないかしら？　私の護衛として欲しいのに、女性というだけで有益な意見を聞き入れられないと困るわ」

「確かにそれは事前に周知が必要だね」

能力ではなく性別で優劣をつけられると、任務の時に支障をきたしかねない。エミリアの意見に王太子は納得だと頷く。

「後は、本当に人を欲している部署への配属をしてみるのもいいかもしれない。怪我人の治療は人手が足りないからね。衛生部は絶対欲しがると思う。それから討伐部の書類整理。ここも絶対人が必要だね。訓練を積みつつ、そういう場所での仕事を武官補佐という形で行うのはどうだろう。そして一定期間働けば採用試験にのぞめるとすれば、女性達も頑張れるし、有用だと思った部署は武官になれるように後押しするのではないかな？」

「いいと思います。でも、必ず無体なことを働かないように対策はして下さい。どんな国にも紳士失格な殿方はいますし、採用試験を餌に無理難題を言われることがあってはなりませんから」

武官の腕力は強い。

確かにある程度守られるようにしてもらわなければ恐ろしいだろう。使用人として勤めているだけでもリスクはあるのだ。

「その方向でいいのではないですか？　ただし今度はちゃんと根回しして下さい」

ミハエルが頷けば王太子は少しほっとしたような顔をした。

地位は王太子の方が上のはずなのに、ミハエルを対等かそれ以上に思っているらしい。色々命令はしても意見は聞くようだ。

「女性武官の件はこれでいいかな。後は襲撃犯で分かったことを少し話すよ。イリーナも気になっているよね」

「はい。お願いします」

私は改めて背筋を伸ばした。

機密事項もあるので話せないことも多いだろうが、氷龍についてはカラエフ領にも関わる話でもあるので、情報が貰えるならば欲しい。

「まず二度目の襲撃に協力した護衛でもあった武官はベリャエフ領出身者で、文官と繋がっていた。そしてベリャエフ領では現在氷龍が複数体出現していることが事実だと裏どりもできたよ。ベリャエフ伯爵の弟の話を信じるならば、これは故意に引き起こされたとなる。馬鹿なことをしたものだ」

王子の言葉に私はなんとも言えない気持ちになった。

馬鹿なこと……確かにそうとしか言えない。でもただそれで切り捨てられるのを見ると苦い気持ちになる。

「ベリャエフ領はどうなるのでしょうか？」

氷龍の討伐は領主の義務だ。それを怠ったどころかあえて増やした時、どういう処分となるのか。

「領主は爵位の返上は絶対だ。領地には課税などの罰が一般的だけれど、それをすると餓死者が出るから悩みどころだね。名を変えてベリャエフ領は別の者が治めることになるのは間違いない。ただ次にあそこを治める領主を選ぶのは難航しそうだ」

今回と同じようなことが起こらないよう、外国と繋がりがある者がなることはないだろう。かといってそのほかでなりたがる者がいるかというと微妙だ。犯人の訴えを聞く限り、カラエフ領と同じで、雪しかない田舎なのだろう。

「でもあそこを潰して氷龍の討伐をやる者がいなくなると、国全土が今みたいな気候となるということだからね。適切な運営をしてもらわないと困る」

氷龍の討伐のために領民は残される。むしろ王都の者からすれば、残ってもらわないと困るのだ。

……そうか。カラエフ領も、それを理由に存続しているのだなと理解した。慈悲ではなく、氷龍の討伐をさせるために。

「厄介なことをしてくれたよ。犯人達は貧しいのだと不満ばかり言っているんだ。貧しいならばその対策を考えるのが領主一族の仕事だろう？　こっちだって、税率を周りより低く設定したり、氷龍の討伐のための武官だって、かなり破格の金額で派遣したりしているんだよ？」

やってあげているという王子の言葉にミハエルもエミリアも納得の顔をしていて、胸が苦しくなる。

これが王都に住む人達の感覚なのだ。

「……発言しても、よろしいでしょうか？」

「いいよ。何か気になることがあったかな？」

私はぐっと手を握った。頭に浮かぶのは貧しい日々。

「王女を連れ去り不満をぶつけたことには同情の余地はないですが、……私は彼らの言い分が分かります。私達北部に生きる者は、春が来るのを指折り数え、満腹なんて感じることのない日々を送ります。暖炉の火だって、春までもつように薪を大切に使います。冬が長引いたらと不安に思いながら」

犯人側の気持ちが分かるなど本来は言ってはいけない言葉だろう。でも彼らと北部の人間の意識はとても乖離していた。

そしてその乖離が、この悲劇を起こしたのではないだろうか。

「暖炉の火？　部屋の中なら厚着をすればいいのではないの？」

「……凍死しますよ？」

風を避けられるので外よりはマシだけれど、火のない生活などあり得ない。そう思うがエミリアは凍死という言葉にギョッとした顔をする。

「えっと、なら、足りなくなったら木を切るのかしら？　山とかはあるわよね？」

「山はありますが、吹雪の中で木なんて切れませんし、そもそも切ったばかりの木では火がつきません。だから大切に、大切に使うんです」

「えっ。そうなの？」

驚いている様子に私は苦笑いする。王女様が薪を取りに行く姿も、自分で暖炉に火を灯す姿も想像できなかったけれど、やっぱりそんな体験、したこともなかったのだろう。

そうでなければ伐採したばかりの生木を薪になんて発想はでないだろう。せめて落ちている枝をとなるはずだ。……まあ、雪に埋もれた山で落ちた枝なんて探せるはずがないけれど。

「そして先ほど貧しいのを改善するために領主一族は考えるべきと言われましたが、きっとどの領主も考えていると思います。考えても改善できないのです。私の出身領であるカラエフ領は王都から離れすぎて産業を育てるのが難しい土地です。そして冬は雪で閉ざされるのでどうしても農業の手が抜けません。食べるものがなければ待っているのは餓死ですから。税率を下げていただけているのはありがたいですが、それでも気候のせいで元々の収穫量が少なく、暮らしはまったく楽になっていません。きっと税率が高くても氷龍が出ない分南部の方が暮らしやすいでしょう。氷龍の討伐にかかるお金は、北部の人間からしたら、決して安くはないお金なんです」

貧しいならそれを脱却するために努力しろと言いたくなるのは分かるけれど、その言葉だけで切り捨てられたら、北部の人間は反発しか感じないだろう。生き残るために努力して、やっと今の現状なのだ。決して怠惰だから貧しいわけではない。

「討伐によって働き手の男が亡くなれば生活はさらに苦しくなり、弱い者から餓死をしていきます。氷龍を増やして他国に売り渡すのは悪手だというのは分かります。でも若者は裕福になりたいと思っているはずです」

貧しいことに苦しんでいるのはベリャエフ領だけではない。

きっとこのままの状況が続けば、第二、第三のベリャエフ伯爵は出てくる。かつて私の父の弟が間違った道を選んでしまったように。

「イリーナの住んでいる場所はそんなにも大変な土地なのね」

どんな反応が返ってくるか分からず、視線を卓上に落としていると、エミリアから寄りそうような言葉が投げかけられた。

「実際に見たり聞いたりしなければ分からないことも多いわね。嫌というほど自分の無知を知ったわ。私の母国と違うところも多いの。だからこれからも教えて下さらないかしら？」

エミリアは真剣な目で私を見た。

「私はこの国を知らないわ。文化も、考え方も、そして北部の現状も。ただし北部のことを知らないのは私だけではないと思うの」

父や他の領主は現状を訴えなかったのだろうか？

私が少し話しただけでも、認識にかなりの乖離がある。

そう考えてから、まったく王都に行かない父を思い出し、訴えることを諦めてしまったのだと気が付く。

ベリャエフ領の領主もきっと王に訴えることを諦め我慢の限界が来たため、他国を頼り襲撃をしたのだ。

「知ったら……共に考えていただけますか？」

知って現状のままならば、結局は同じことが起こる。

「ここまで率直な意見は初めて聞いたよ」

このまま流すのならば、私は何もしない方がいいだろう。既に王に何も期待をしていないからこそ、下手な希望は毒だ。希望が消えた時、人はそれを裏切りと感じる。

「私は今回の襲撃犯を断罪すればいいだけの話ではないと思いましたけど、殿下はどう思われます？」

王太子として、言質を取られるような発言はしないだろう。私は膝の上で拳を握り、じっと判断を待つ。

「……そうだね。王が動かなければ、俺が共に考えよう」

エミリアの言葉があったからだろう。

王太子も同意をしてくれ、私は知らず知らずのうちに止めてしまっていた息を吐くと頭を下げた。

「私も王都の貴族の常識に疎いので……。でも、よろしくお願いします」

「王都の貴族の常識に疎いのは私も同じね」

エミリアがクスクスと笑うと、張り詰めていた空気が緩んだ。

「私はまだ女性武官を諦めていないし、もっとお互い過ごしやすくなるように協力しましょう？」

エミリアが手を差し出してきたので、私は握手をする。すると握手が離れた瞬間ミハエルが私の手を奪うように握った。

「俺がイーシャの一番の協力者だからね？」

「あら、女性同士の友情を邪魔するのは無粋よ？　女装するならば交ぜてあげてもいいけれど」

先ほどまで聞くことに徹してくれていたミハエルだったが、ここは譲れないとばかりに会話に入る。その様子に王子が噴き出すと、ミハエルは苦虫を噛み潰したような顔をした。

その後もしばらく雑談をした後、私とミハエルは退出をした。

茶会を終え屋敷に戻れば、安心したのかどっと疲れを感じた。多少慣れたとはいえ、王族と話すのはやっぱり緊張する。ぐったりしているのに気が付いたミハエルがそのままお茶に誘ってくれた。リビングに移動した私達は、ソファーに並んで座る。

「ひとまずお疲れ様、イーシャ」

「ミーシャもお疲れ様です」

お茶を飲みながら、私達はお互いを労う。初めてミハエルが座るお茶の席に同席させられた時は死ぬかと思ったけれど、今はこの空気が落ち着く。

「先ほどは王太子とエミリア王女相手に言いたいことを言ってしまってごめんなさい。あの……大丈夫でしょうか？」

その場では咎められなかったけれど、結構危うい会話だったのではないだろうか？

「大丈夫だよ。何を言っても大丈夫なように、護衛の配置もしてあったからね。それにしても俺もイーシャの気持ちを分かってなくてごめんね。カラエフ領が大変なのは知っていたのに」

「いいえ。今回の氷龍を増やしたことも王女を誘拐したこともあってはならないことなのは分かっているんです。ただそこにいたる理由を一切考慮せずただ悪いと断罪されてしまうと……」

きっと反発する者も出るだろう。その不満の種火は、やがてもっと大きくなってしまうのではないだろうか？

「俺は討伐部にいるぶん、冬に北部に行ったことのない王子よりは分かっているつもりだけど、ここまで北部が追い詰められているなんて知らなかったよ」

「これまでに見に来て欲しいと訴えた領主はいなかったのでしょうか？」

「王族は何か訴えがあれば王都に呼ぶだけだからね。行くという発想はないだろうね」

冬に王都へ呼ばれたとして、実際に行く余裕などないだろう。

とはいえ逆に突然王族が領地に現れたとしても対応できない気がする。うちの父なら聞いただけで倒れそうだ。そうだとすると、王族の代理として来た使者に視察してもらうのが現実的かもしれない。

ただしそこからちゃんと情報が王族に伝わらなければ意味がないのだけれど。

「裕福になりたくて南部に行きたくても領主の許可なく移動することは禁止されていますから、その土地が嫌になった若者が裕福になる方法がないんです。王都に住む人間からしたら、税率が低くて農作物も沢山作れない、氷龍が出現する北部はお荷物という感覚なんですよね」

「それは……」

「私も王都のお屋敷で働いたことがありますから」

言いにくそうな顔をするミハエルに私は気にしないで欲しいと笑う。そう思われているのは知っている。ただ、でも――と反論したくなる地域の意見も知って欲しいだけだ。

「ありがとう。教えてくれて」

王都に住む人の意見もおかしくはないのだ。もしかしたらミハエルからも努力不足と言われてしまうかもしれないと思ったけれど、彼が口にしたのは感謝だった。

私ははっと顔を上げる。

「イーシャが同じ意見である必要はないよ。だけど今日みたいに、不満も不安も教えてくれたら俺は嬉しい。俺も一緒にどうしていくのが一番いいのか考えるから」

私の手を握り、ミハエルが懇願(こんがん)する。

普通ならばこんな意見切り捨ててしまってもいい立場なのに。

既にミハエルのことが好きなのに、ミハエルの優しさに触れ、私の心を守ろうとしてくれるのに気が付くともっと好きになる。

「ありがとうございます。私、ミーシャと結婚できて幸せです」

「俺もだよ」

ミハエルからの口づけを私はとても幸せな気持ちで受け入れた。

終章：出稼ぎ令嬢の冬のそれから

ミハエルと一緒に朝食をとる。

何気ない日々の一幕だけれど、幸せだなと思う。今までだってミハエルに会えた日は、全力で神に感謝を捧げたい気持ちだったけれど、そういう激流みたいな気持ちではなく、とにかく幸せなのだ。

言葉をつけるならば愛おしいという感情だろうか。

「イーシャと一緒の食事ができて幸せだな。こんな日々が続けばいいのに……」

「そうですね」

ミハエルは少し切な気な表情で、窓を見る。外は今日も雪だ。まだまだ国の異常気象は続いている。私も雪かきを頑張ろう。

「若旦那様、ティムール様がお見えになりました」

「……客室に案内して待たせておいて」

ものすごく嫌そうな顔をしたミハエルに対して、執事はニコリと笑った。

「申し訳ございません。既にご案内してしまいました」

「ミハエル上官、イリーナ様、おはようございます」

　にこやかに食堂に副隊長のティムールが入ってきた。制服を身に纏（まと）った姿は、いつでも働きに行けそうだ。そして同じくミハエルもまた、武官の制服だった。水色ではなく、黒色のジャケットで、討伐部のものである。いつでも出発できそうだ。

　食卓の料理もなくなり、後はお茶だけである。

「おはようございます、ティムールさん」

「おはよう。そしてさようなら。俺は今、全力で抵抗することを決めた。なぜ俺がイーシャから離れなければいけないんだ。イーシャともこんな日々が続けばいいのにと語り合っていたんだ。イーシャを守るのは俺だ！」

　ミハエルはドーンという効果音が聞こえてくるぐらい堂々と宣言した。内容は習いごとを嫌がる子供のようで残念極まりないけれど。

　ミハエルは女装して女性武官候補達の様子を見る任務を解かれ、今日から再び氷龍（アイスドラゴン）の討伐をしに遠征に向かうのだ。行くのはベリャエフ領で、複数体出現しているので、交代で行うらしい。

　ここからベリャエフ領は遠く、移動だけでも時間がかかる。そのため一度向かったら、一月ぐらい帰れない可能性が高い。

「イリーナ様はミハエル上官が仕事をする姿も好きですよ。ですよね？」

「もちろんです。制服姿で剣を振るい、舞うようにして神形を倒すミーシャを好きにならないはずがないではないですか。それにミハエルは強いんです。バランス力の優れた剣技、的確な指示どれも討伐部では欠かせないものです」

嫌いになれる場所が見当たらない。すべてが素晴らしい。一瞬女神ミハエルの姿も脳裏をよぎったが、あれもまたヨシ。

「そうです。ミハエル上官は武官に必要なんです」

「ですよね。ミハエル様は、この国の宝です！」

拳を振り上げるけど、そこは誰にも同意を得られなかった。あれ？　おかしいな。

「でも遠くに離れ離れになってしまったら、その戦う姿すら見せてあげられないんだよ？　やっぱり近くにいないと」

駄々をこねるミハエルを見ると、何だか可愛いなと思ってしまう。

「私もミーシャと離れるのは寂しいです。でもミーシャは私達を守るために、氷龍の討伐に行かれるのでしょう？　私はそんなミーシャを尊敬しております」

「イーシャ……」

「ミーシャが無事に帰ってこられるように祈り、刺繍をしました。受け取っていただけますか？」

ミハエルは強いけれど、氷龍の討伐はいつだって危険を伴う。特に今回は群れとなった氷龍だ。気休めでも私もできることをしたかった。

刺繍を刺したハンカチを差し出すと、ミハエルの目が潤んだ。ものすごく感動しているのが分かる。

「イーシャ。なんて健気なんだ。俺のためにこんな刺繍まで」

「ミーシャが強いことは知っています。でも心配だったので……。私は無事にミーシャが帰ってきて下さると信じています」

武官であるミハエルには行かないという選択肢はない。だから私はミハエルが頑張れるよう応援するだけだ。

ミハエルは立ち上がると、ギューギューと私を抱きしめる。嬉しいのだけど、恥ずかしいし、どうしたらいいのか。

「イリーナ様、こちらを」

「えっ?!　何それ?!」

おろおろしていると、すすすと近寄ってきたオリガがミハエルの幼少期の姿絵を差し出した。何それ、もっとよく見なければ。

ミハエルから離れ、私は姿絵を受け取ると、その美しすぎる姿にふぉぉぉぉぉっと声が漏れる。

「こ、これは初めて見ました」

「イーシャ?」

なんて美しい。このミハエルは、たぶん私が出会った時と同じぐらいではないだろうか。そうだった。ミハエルは今でこそ男神だけれど、この当時はまだまだ中性的で妖精のようだったのだ。大人になる前の少年が持つ色気……。

「お時間がある時、また倉庫の古いものの整理を手伝っていただけると大変助かります。ただ時間がかかりますし、散らかる可能性も高いので、若旦那様がご不在の時がよろしいかと思います」

つまり、まだまだ倉庫の中にはミハエルが使っていたお宝が眠っているということね? この絵姿も初めて見たのだ。楽しみで仕方がない。

「部屋でいるかいらないかをじっくり確認しなければいけませんね」

確認した後、すべているとなるに決まっているけれど、確認作業は大切な儀式である。

「待って。それって、まさか」

寝室がミハエル展となることに気が付かれたようだ。しかし私は諦(あきら)めない。ミハエル教を守る義務がある。

姿絵を丁寧(ていねい)に机に置くと、すかさず私はミハエルの手を握った。

「ミーシャと離れるのは寂しいです」

「俺もだよ」

「ですので、私はここでミーシャの活躍をお祈りし、土産話を楽しみにしております」

「ミハエル様にはこちらを」

オリガはすすすすっと今度は三つ編みの人形をミハエルに渡した。

「これは？」

「ご希望があったイリーナ様人形でございます。服はイリーナ様のドレスを参考にしました」

そう伝えられた瞬間、ティムールが爆笑する。ミハエルはそれを嫌そうな顔で睨んだが、イリーナ人形は離さなかった。

「さあ、本当に、もう遅刻してしまいますから行きますよ」

「新婚早々イーシャと離れ離れなんて不幸すぎる。イーシャアアアアア!!」

「無事のお帰りをお待ちしています」

ミハエルを引きずって馬車に連れて行ったティムールはとてもいい笑顔だった。私もこの後の趣味活動にほくほくだ。

愛情溢れる夫を見送りながら、イリーナ・イヴァノヴナ・バーリンは幸せな気持ちでミハエルが無事に討伐から戻れるようにと願掛けをした。

あとがき

こんにちは。『出稼ぎ令嬢の婚約騒動5』を手に取っていただきありがとうございます。皆様のおかげで五巻まで書くことができました。

今回は題名の通り、新婚を謳歌したいミハエルと一人でも謳歌しているイリーナの話でした。イチャイチャシーンもあるのにミハエルが可哀想なのはなぜなのか。

できれば裏設定を語りたいのですが一ページしかありませんので、この辺りでまとめさせていただきます。

担当H様。裏設定の関係で話がどうしても重くなってしまうと沢山相談させていただきました。おかげでなんとか書き上げることができました。ありがとうございます。

安野メイジ先生。ピンナップが出稼ぎでは珍しいイチャイチャシーンで、今までにない乙女ゲーのスチルのようなイラストに雄叫びを上げてしまいました。いつも素敵なイラストありがとうございます。

そして最後にこの本を手に取って下さった皆様。少しでも楽しんでいただけたら幸いです。

IRIS
ICHIJINSHA

出稼ぎ令嬢の婚約騒動５
次期公爵様は妻と新婚生活を謳歌したくて必死です。

2022年８月１日　初版発行

著　者■黒湖クロコ

発行者■野内雅宏

発行所■株式会社一迅社
〒160-0022
東京都新宿区新宿3-1-13
京王新宿追分ビル5F
電話03-5312-7432（編集）
電話03-5312-6150（販売）

発売元：株式会社講談社
（講談社・一迅社）

印刷所・製本■大日本印刷株式会社

ＤＴＰ■株式会社三協美術

装　幀■世古口敦志・前川絵莉子
（coil）

ISBN978-4-7580-9477-1

この本を読んでのご意見
ご感想などをお寄せください。

おたよりの宛て先

〒160-0022
東京都新宿区新宿3-1-13
京王新宿追分ビル5F
株式会社一迅社　ノベル編集部
黒湖クロコ 先生
安野メイジ（SUZ）先生